「手紙屋」

〜僕の就職活動を変えた十通の手紙〜

喜多川 泰

Discover
ディスカヴァー

「手紙屋」

～僕の就職活動を変えた十通の手紙～

第一期

目的なき船出　5

大人になろうとする勇気を持てずに現実に目をつぶり、笑っていられた日々

第二期

挫折、そして成長　87

自分の人生と真剣に向き合い始めたときに変化は起こる

Book Designer　柳澤健祐 (mamiana graphics)
Photographer　上河邊 敦

第一期　目的なき船出

大人になろうとする勇気を持てずに現実に目をつぶり、笑っていられた日々

書楽

横浜のとある駅から歩いて五分。駅を行き交う人々の喧噪から離れた、人通りの少ない道沿いに『書楽』はある。僕はここの常連の一人だ。

一見、普通の喫茶店なのだが、提供しているものがコーヒーだけではなく、書斎という空間であることと、一人でしか利用できないというところが普通の喫茶店との大きな違いだ。

高校を卒業して初めて横浜に出てきた僕は、結婚して東京で暮らしている姉が事前に契約しておいてくれたワンルームマンションに住むことになった。一人暮らしに必要なものをそろえるために街に出て、姉と二人で歩いているときに偶然見つけたのだ。

今思えばよくもまあ、こんな場所を歩いたものだ。

姉の千晴は僕よりもちょうど一回り年上だ。僕が小学校に入学すると同時に上京し、看護師になったので一緒に暮らした記憶がほとんどない。僕は三人きょうだいの末っ子で、姉の他には兄が一人いる。姉よりも会う機会はあったが、兄の寛人はさらに姉よりも二つ上で、またちょっとした事情もあって、結局僕は一人っ子のような環境で育った。

だから僕にとっては、姉というよりもむしろ従姉妹とか叔母さんといった感覚が強い。一方で、姉のほうでは上京してくる弟の母親代わりになろうと考えていたのだろう。受験で上京したときに二週間ばかり姉の家に寝泊まりさせてもらったのだが、そのときから、

「東京の大学に合格したら、うちの近くにアパートを借りて通うといいわ。食事の心配もしなくていいし」

と繰り返し言っていた。実際に通うことになった大学が東京ではなく横浜の大学になったのを一番悲しんだのは姉だったし、そうなったことを一番心の中で喜んだのは僕自身だった。何しろ東京の大学に合格したら、姉の家から通えばいいとまで母親から提案されていたくらいだ。僕は誰にも干渉されず一人暮らしを楽しみたかった。

書楽は、姉が見つけた。

「見て、あの看板」

『横浜で、一人静かに書を楽しむ、あなたの書斎をご用意しました　書楽』

「私がこの街に住んだら、絶対に常連になるわ。家事や仕事に忙しい主婦にはそういう場所がないものね」

この看板の文句には僕も心を惹かれた。もちろん〝あなたの書斎〟という言葉に、だ。そしてその思いは、大学生活が始まると同時にドンドン大きくなっていった。

自分の書斎を持つというのは世の多くの人の憧れだろう。僕も例外ではない。とりわけ、大学生の僕は狭いワンルームマンションに一人で暮らしていて、生活のためのあらゆる道具が目の届くところにある状態だった。そんな僕が自分の書斎を持つというのは夢のまた夢であり、それゆえ大きな憧れでもあったのだ。

そうはいっても、初めて書楽を見つけたときには、僕もそれほどはっきりと書斎というものに対する憧れを認識していなかった。「へ〜」というくらいにしか思っていなかったのだが、自分でも不思議なほどに、どういうものなのか見てみたいという好奇心が徐々にふくらんでいった。そこで友達と買い物の約束がある日に、あえて二時間ほど早めに出かけて使ってみたのが始まりだ。

そのとき以来、僕はこの書楽という場所が気に入って、何度も通うようになった。この街まで出てきたら、ここに来ない日はないというほどに。


書楽を利用する人たちは年齢も理由もさまざまだ。

必ず同じ場所にいて勉強をしている受験生。

本を読んでいる初老の紳士。

書類に目を通したり、それに手を加えたりして仕事をしているスーツ姿のビジネスマン。

雑誌を読んでいる若者。

ただボーッとしてリラックスしている人もいる。


世の中には自分の書斎を持ちたくても持てない人がたくさんいるのだろう。普通の喫茶店ではうるさくて、落ち着くことができない人も、ここなら一人用の広めの机、快適な椅子、ちょっと高級な文房具に囲まれて、時間を気にせずゆっくり自分だけの時間を楽しむことができる。もちろんコーヒーだって飲める。僕もそんな雰囲気が気に入って、試験勉強をしたり、趣味の雑誌を読んだりするのに利用していた。

とはいえ、僕はまだコーヒーが似合うような年齢ではなかったが。

店の一角に、僕が勝手に〝玉座〟と呼んでいる場所がある。

ひと際幅の広い机、社長が座るような大きめの椅子。いかにも高級そうな備品に囲まれた、特別な人だけが使うことを許された空間だ。

僕は数回その席を使っている人を目にしたことがある。毎回同じ人だった。その人は分厚いノートにいつも何かを書いていた。きっと作家か何かなのだろう。その人が誰で、この場所からどのような作品が世に生み出されているのかをとても知りたかったが、話しかける勇気が持てなかった。何しろここは、〝一人静かに書を楽しむ〟ための空間なのだ。〝一人〟を邪魔することはできない。

僕のささやかな夢、それは自分も一度その〝玉座〟を使ってみることだった。

玉座

思いもよらず、その日はやってきた。

それは僕の手元に一枚のハガキが届いたことに始まる。

僕の誕生日の二週間前に届いたそのハガキは書楽からのものだった。僕は思い出した。

「そういえば、書楽を最初に利用したときに利用者カードに住所や生年月日を書いたんだった」

それがこういう形で使われるとは思ってもみなかった。僕が書楽を使うようになってもう三年も経っているので、過去にも同じようなハガキを受け取ったことがあるはずなのだが、記憶になかった。


そこには、手書きでこう書いてあった。


『お誕生日おめでとうございます。

四月四日はあなたが生まれた特別な日。

書楽ではあなたのために、とても素敵な贈り物をご用意しています。
誕生日の前後一週間でお時間がありましたら、ぜひお立ち寄りください。
その際には、このハガキの左下を点線部分から切り取ってお持ちください。
心よりお待ちしております』

文章は女性の字で書かれていた。ハガキの左下には色の違う三角の部分に〝誕生日優待券〟と書かれていて、切り取り線がついている。これを書いたであろう人の顔が、僕の脳裏に浮かんできた。僕の知っている限り、書楽で働いている女性は一人しかいない。受付の女の子だ。

このたぐいの招待ハガキは〝このハガキをお持ちください〟と書いてあるのが普通だ。常にバッグを持ち歩く女の人ならば利用するかもしれないが、実は男としては利用しにくく、結局持ち歩くことがないので使わずに終わることが多い。

その点、書楽は頭がいい。これなら僕のようにカバンを持たない男も財布に入れて持ち歩くことができる。誕生日前後のスケジュールで書楽に行く予定があるかどうかはわからないが、近くを通ったら使えばいいのだ。利用者の都合を考えているその視点に、僕は感心させられた。僕はその場でハガキにハサミを入れ、切れ端を財布の中に入れておいた。

結局僕は、何かのついでではなくわざわざ時間をつくって書楽に行くことにした。誕生日の二日前、四月二日のことだ。

「こんにちは、西山君」

西山諒太。それが僕の名前だ。

受付の女の子、内田和花《わか》さんが明るく挨拶をしてくれた。もう四年ほど、この店でアルバイトをしているらしい。明るい彼女は、僕が普通に話すことのできる数少ない女の子の一人だ。化粧っ気はないが、笑顔が何ともいえずさわやかで、彼女と話をするのはとても楽しい。初めて会ったのは書楽を使い始めて数ヶ月経ったときだったが、和花さんは昔からの友人みたいに気さくに僕に話しかけてきた。そのせいだろうか、以前どこかで会ったことがあるような気がしたのをよく覚えている。のちに同じ大学の同じ学年だということがわかって納得した。だがキャンパスで会うことは、この三年間で二回しかなかった。

彼女は話上手だ。僕は和花さんのことを魅力的だと思っているが、それは女性としてというよりも、人としてだ。僕の田舎にはいないタイプだったからというのも、その理由かもしれない。

「どうも……これ、書いたの和花さんでしょ？」

僕は、先日届いたハガキの切れ端を差し出しながら言った。

「そうよ。もうすぐ、お誕生日だよね。おめでとうございます」

「ありがとう。覚えててくれたんだ」

彼女はぺろっと舌を出しながら、微笑んだ。

「たまたまです。常連さんで私が名前を知っているお客様はあまり多くないんだけど、西山君は知ってたから」

そう言って、彼女は僕の側からは見えないカウンターの内側を指さした。

そして左手で口を隠すようにして、小声でこう教えてくれた。

「ここに誕生日の方の一覧が貼ってあるの」

「あぁ、なるほどね」

僕の声が大きかったのか、彼女は人差し指を唇に当てて、シーッと言うまねをした。何だか二人だけの秘密を共有したようで、僕はちょっとドキッとした。

「あ、そうそう、これ……」

僕はあわてて一歩下がるようにして体を起こし、手に持っていたハガキの切れ端をもう一度差し出した。

「わざわざ持って来てくださってありがとうございます。お誕生日の方へのプレゼントが書楽から用意されています」

少しばかり事務的に、和花さんが答えた。

「何かもらえるの？」

「えっと、残念ながら物ではないわ。書楽はみなさんに書斎という空間を提供する場所ですから、お誕生日のプレゼントも空間をご提供します。通常利用料金で、あちらのプレジデントデスクのご利用が可能ですが、本日使われますか？」

玉座だ！

僕は心の中で思わずつぶやき、それから尋ねた。

「何時間使えるのかな？」

「今のところ、今日の予約は入ってないので好きなだけ使えるわよ」

以前から抱いていたささやかな夢を実現するときがやってきたのだ。僕は嬉しさから、頬がゆるむのを感じた。

「思ってもみなかったプレゼントだから嬉しいけど、今手元に本も何も持っていないから、一時間後からということでもいいかな？」

「それじゃあ、予約入れておくね」

「それから、今日は森さんはいないの？」

「オーナーは今日はお休みよ。昨日〝低気圧ができたから、明日はよろしく〟って言ってたわ」

「低気圧？」

「南の海上に低気圧ができると、翌日は湘南にいい波が立つんだって」

「ああ、波乗りに行っちゃったんだ」

「そうだけど……どうして？　何か用事でもあったの？」

「いや、ちょっとオーナーに相談したいことがあったんだけど……また今度でいいや。じゃあ、ちょっと行ってくるよ」


僕は本屋へと急いだ。もちろん、あの憧れの玉座で読むための本を探しに行ったのだ。いつもなら読みたい雑誌を探すのだが、このときはあの机で読むのにふさわしい本を探していた。玉座で読むとなると、やはりビジネス書だろう。僕はたっぷり三十分ほどかけて、中身を吟味し、一冊の本に絞った。そしてそれを購入した。

玉座に座ったらやってみようと思っていたことが一つある。それは、ただ単に本を読むだけでなく、何かを書くことだ。あの机を使っている人はいつも何かを書いている。その姿が妙にカッコよくて、自分にはない大人の雰囲気を持っているように僕の目には映っていた。自分もあの机を使うのなら、何かを書いてみたい。以前からそう考えていた。本屋の文房具コーナーに行き、せっかくの機会なので、手帳風のノートを買った。今日から使ってみようという考えからだが、正直、最後まで使いきる自信はなかった。

それだけ買いそろえると、僕は再び、書楽へと急いだ。

「おかえりなさい。早かったね。もうご利用の準備ができていますからどうぞ」

そう言って、和花さんは僕を玉座へと導いた。

幅の広い机は、まさに僕のイメージの中の社長室にある机そのものだ。とても落ち着いた色で木目が美しく、思わず手で触れてみた。本革でできた背もたれの高い椅子に座ると、ふわりと後ろにリクライニングした。その座り心地のよさに、僕は驚いた。目の前は棚になっており、高級万年筆、和紙のレターセット、ベージュ色の地球儀など、いろいろなものが利用できる。机には、ポストカードが貼ってあって、

『あなたの能力は、今日のあなたの行動によって、開花されるのを待っています』

という文章が独特の書体で書かれている。誰か有名な人が書いた文字なのだろうか、横にサインがあるが、誰のものだかわからなかった。ただ、この言葉はとても気に入った。

この場所に座って本を読んでいると、確かに自分の才能が開花しそうな気がしてきた。そう、ここは成功が約束された人たちに与えられた特別な空間なのだ。そんな気がする。

もちろんこの店にあるポストカードを持って帰ったり、その場で使ったりしていいことは知っていた。一度、森さんに聞いたことがある。僕は、持って帰って自分の部屋に飾ることに決めた。

棚には、すでに本が何冊か並んでいる。お薦めの本が置いてあるようだ。僕は自分が買ってきた本よりも、そこに置かれている本に気を取られて、背表紙を一つ一つ丹念に見ていった。さまざまなジャンルの本が並んでいるが、そのタイトルを見ているだけでドキドキしてきた。どうしてドキドキするのか不思議だった。きっと、自分の知らない世界がその中につまっているという興奮からだろう。本ばかりでなく雑誌もある。一目で若い実業家のような人が読みそうな雑誌だということがわかった。

だが、このときになってようやく僕はそこに並べられている本や雑誌の共通点を見いだした。全部、大きな夢を持って生きる二十代の若者向けの本だ。そう、書楽がこの三十分の間に、いや、きっと前もって僕のために本棚に置く本を選んでおいてくれたのだ。

きっと選んだのは森さん——ここのオーナーだろう。僕はオーナーを尊敬していた。大学生の僕にとって念願のスローライフを手に入れている成功者といえば、森さんしか知らなかった。彼は書楽の他にも会社か何かを経営しているらしく、成功の人生を歩んで輝いているように見えた。実際はどうか知らないが、気が向いたときに働き、波のある日はサーフィンをしている。ある日、そういう仲間が集まるカフェのようなものをつくりたいと話しているのを耳にしたことがある。それ以来、僕は何度か森さんの話を聞く機会に恵まれたが、そのたびにうらやましいと思っていた。彼には時間と、やりたいことをやるのに必要なお金があり、いつもそばに仲間がいるように見えた。森さんは僕の目標だった。

僕は卓上のライトをつけ、一冊の本に手を伸ばそうとした。

そのとき初めて、机の右端のついたてに、ピンで留めてある一枚の広告らしきものが目に入った。

『はじめまして、手紙屋です』

よくある映画のチラシぐらいのサイズの広告で、真ん中に大きくそう書いてあった。

なんだこれは？　手紙屋？

僕は思わず目を奪われ、本棚に伸ばしかけていた手を引っ込めると広告の方へと向き直った。そしてそれが運命の瞬間になることを知らずに、恐る恐るその広告を手に取った。

手紙屋

『はじめまして、手紙屋です。
手紙屋一筋十年。きっとあなたの人生のお役に立てるはずです。
私に手紙を出してください』

僕は目を疑った。
手紙屋……って何だ？

理解を超えるものに遭遇すると、人間はそれに意識を集中してしまうらしい。僕は『手紙屋』とは何なのかが、とても気になった。自らデザインした便せんや封筒を売っている人なのかとも思ったが、それにしては〝人生のお役に立てる〟というのが壮大すぎるし、〝私に手紙を出してください〟というのも意味がわからない。
僕は広告の裏面を見た。

はじめまして、手紙屋です。

私が手紙屋を始めてもう十年になります。私はこの仕事だけで生きてきました。

これを読んでいるあなたは、手紙屋って何だろうと不思議に思っているかもしれませんね。そこで、これをわざわざ手に取って興味を持ってここまで読んでくれたあなたのために、わかりやすく説明しようと思います。


私は、希望される方と〝手紙のやりとり〟をすることを仕事としています。

私からお送りするお手紙は全部で十通です。

その十通の手紙で、私は最善を尽くして私がこれまで学んだことを伝え、あなたが人生で実現したいことを実現するお手伝いをさせていただきたいと思います。もちろん、あなたがどういうことに興味があるのか、どういう悩みを抱えて生きているのかを知るために、お返事を書いていただかなければなりません。とはいえ、長文でなくていいのです。

私からの手紙が不要になった場合や、手紙の内容があまりお気に召さなかった場合は途中でやめることもできます。その場合は遠慮なくおっしゃってください。


興味を持たれた方は、まず私に一通の手紙を出してください。

初めの一歩を踏み出すのは、誰にとっても勇気がいることです。ですが、あなたが自分の人生を素晴らしいものにすることに興味をお持ちなら、ぜひ一度私、手紙屋をご利用になってはいかがでしょうか。

最初の一通は〝無料〟です。手紙屋は私のビジネスですから、二通目以降は無料というわけにはまいりません。どういう契約内容なのかは、一通目のお手紙でお知らせしようと思います。一通目が気に入らなかった方は、そこで私との関係は終了します。追っていろいろな連絡や催促が行くことはいっさいないことをここにお約束します。ですから気軽な気持ちで、まずは手紙を書いてみてください。

初めに書いていただきたい情報は以下のとおりです。
住所・氏名・年齢・職業・今のあなたについて。
その他書きたいことがあれば、いろいろ書いてくださって結構です。
今日という日に、あなたに読んでいただけたことを感謝します。

『手紙屋』

書いてあることはわかったが、なんだか不思議なチラシだ。手紙の送り先は東京都になっているが、聞いたことのない住所だった。おそらく山の中だろう。僕は自分の理解を超えているこの『手紙屋』なるものに、興味と同時に恐れを抱いた。

手紙屋はこれを読む者のそういった恐れをよく理解しているのだろう。安心感を与えるためか、文章の下に、今まで手紙屋を利用した人の推薦文を顔写真付きで紹介している。そこを読むと、なぜかドキドキしてきた。

『僕の成功のすべてのきっかけは、手紙屋との出会いでした。山内　剛（俳優）』

『私が起業前に手紙屋と出会った偶然は、その後の成功を必然に変えてくれました。小野寺和史（株式会社アイポート代表）』

誰もが知っている俳優や、就職活動中の多くの大学生が入社を希望している、最近急成長中の会社の社長など、有名人の名前がいくつかあった。だから安心だというわけではないけれども、すごいことが始まりそうだという高揚感が強くなった。これを無許可で使っているはずがない。だとしたら、訴えられるだろう。それに一通目は無料だと書いてある。

手紙の送り先が明記されているので、うさんくさいビジネスではないはずだ。
それでも、まだ気になることがないわけではない。二通目以降の料金がいくらなのか明記されていないのだ。手紙屋はこれを本業として生活しているらしい。二通目以降はかなりの金額を要求するのではないだろうか。

僕はいろいろ考えたが、ふと視線を上げると例のポストカードが目に入った。

『あなたの能力は、今日のあなたの行動によって、開花されるのを待っています』

何かの偶然で、この玉座に導かれ、偶然そこに貼られていたカードの言葉。そして、偶然見つけた『手紙屋』なるものの存在。
まさに、今行動を起こせば、今までの自分にはない何かが動き始めるような気がして、手紙屋に一通だけ手紙を出してみようという気になった。
もちろん、僕に手紙屋の利用を決心させた理由はそれだけではない。僕が抱えていた問題が大きく関係している。それは、

〝就職活動〟だ。

僕は就職活動の波に完全に乗り遅れていた。一度乗り遅れて、他の人たちが先に行ってしまうと、その波に追いつくのはとても難しいことだった。理屈では今すぐ動き始めたほうがいいとわかっているのだが、出遅れたという事実が僕を意固地にしていた。

あるときは、「やりたいことが決まっていないのに、就職活動をしても仕方がない」と強がったり、給料のよさや休みの多さを優先しておきながら面接で「昔からの夢でした」「御社の方針が自分に合っていると思い……」などともっともらしく語る周りの学生の不誠実さを軽蔑したりした。

そして「僕はそんなことはしないぞ」と正義漢ぶったり、「自分にしかできない生き方をするんだ」などと自らを正当化したりしていたが、その根底にあるのは〝現実逃避〟の四文字だということも、よくわかっていた。

人から出遅れたせいでかえって意地になり、素直に就職活動を始めようとしなかった自分。そんなふうに自らを他人事のように分析することによって、つくづく人間は理屈ではなく感情に左右される動物なんだと思ったりもした。

そんな僕が就職活動を始めるタイミングは決まっていた。

内からの働きかけで動けなければ、外からの働きかけで動くしかない。

大学の卒業式がテレビのニュースになる頃、実家の母親からの電話が頻繁になったのがきっかけとなった。

「あんた、就職はどないするん？」

「お父さんも、あいつはどうするんやろって言うとったで」

両親が心配する理由は何となくわかる。

僕が兄のようになるのが嫌なのだ。

僕とは十四歳も離れた兄の寛人は大学卒業後、東京で四年間会社勤めをして田舎に帰ってきた。僕が小学校六年生のときだ。

僕の実家は、田舎では結構大きめのレストランを経営している。僕の両親で三代目になる、そこそこ有名な老舗だ。兄のUターンは経営状態があまりよくないときだったらしく、両親は店を継ぐつもりで帰ってきたものとばかり思っていたらしい。だが、兄にはその気がまったくなかったようだ。帰ってきてから約一ヶ月は、毎晩のように兄と両親が口論の

ような話し合いをしていたが、やがて両親が根負けした。最後に、

「寛人は一人で住むことになった」

とだけ、父親が宣言した。それきり、兄が店を手伝うことはなかった。

それどころか、同じ市内に住んでいながら僕たちは会うことすらほとんどなくなった。兄は働きにも出ず一人暮らしをしている家にこもりっきりになり、姿を見せなくなってしまったのだ。

兄が田舎に帰ってきた翌年、父が店の改装やメニューと価格の変更などを手がけ、いったんは勢いを盛り返したように見えたレストランも、僕が中学生になった頃から経営が著しく悪化した。周囲の店が全部廃業し、人通りがなくなってしまったのだ。

昔はにぎわった商店街の中心にあるレストランは、目に見えて客が減っていった。華やかなりし商店街は今や〝シャッター通り〟となり、子供心に自分の家が大丈夫かどうか心配になった。

多感な年頃の僕はそんな状況でも実家を手伝おうとしない兄に、怒りの矛先を向けた。ある日、町でばったり会ったときに、

「兄ちゃんは何で帰ってきたん？」

と聞いたことがある。兄は笑ってこう答えた。

「東京で、ある女性に婚約を破棄されたんだよ……だから帰ってきたのさ」

無精ひげの下でにやつく笑顔と、いつまで経っても抜けない東京弁に耐えられず、僕はそれ以来兄と話をすることがほとんどなくなった。

だが両親はいつも、

「寛人には、寛人なりの生き方があるんや」

とだけ言い、兄の文句を言ったことはなかった。

どんな状態になっても、やはり自分の子供はかわいいのだろう。母親などは食べ物をつくってはコソコソと兄の家に持っていったりしていたのを僕は知っている。


そんなわけで、僕もそうなってしまうのではないかと両親は気が気でないはずだ。

そういう兄を持ったおかげで、僕は一つ学んだ。親に心配をかけない生き方をしなければならない。

〝両親を安心させるため〟という大義名分を手にして、遅ればせながら僕はようやく就職活動をスタートした。

ところが動き始めたばかりで、迷いはたくさんあった。だからこそ今日は、書楽のオーナーにいろいろアドバイスをもらいたいと思っていたのだ。

僕は初めに計画していた玉座での過ごし方を変更した。

棚に用意されているレターセットに手を伸ばし、便せんを一枚はぎ取って机の上に置いた。それから目の前に備えつけられた、万年筆を手にして一通目となる手紙に書くべきことを考え始めた。ちなみに、僕が万年筆を使ったのはこのときが初めてだ。


しばらく考えたが、どうも気の利いた書き出しは難しそうだった。思えば手紙なんてきちんと書いたことがなかったから当然だ。結局どう書いていいかわからず、思いつくまま気の向くまま書いてみることにした。

書き終わって気に入らなければ、出さなければいいんだから……。

半ば投げやりに、そう思いながら。

✣僕からの手紙（一通目）

『手紙屋』さんへ

はじめまして、こんにちは。僕は西山諒太といいます。

横浜にある書楽という書斎カフェで、手紙屋さんのことを知りました。そしてその場で、今こうやって手紙を書いています。自分でも手紙なんて書いたことがないのに、どうして書く気になったのか不思議議です。慣れていないので、めちゃめちゃな文になってしまうかもしれませんが、許してください。

僕はこの春、大学四年生になりました。明後日で二十二歳になります。

ただいま就職活動の真っただ中。とはいえ、いくつかの企業に申し込みをしただけで実際の面接はまだ一つも受けていません。来週、最初の面接があります。まあ、初めは練習のつもりで〝明るく、元気に〟だけを心がけようと思っています。

まだ、一つも面接を受けていないのは、他の人に比べると遅いほうだと思いますが、なかなかやりたいことが見つからないし、自分が何に向いているかもわからなかったので、どうしようか……と考えている間に、こんな時期になってしまいました。

今は、昔から興味を持っていたマスコミ関係を中心に面接を受けていこうと思っています。とはいえ、今からでも活動可能なマスコミ関係の企業があるかどうかはわかりませんが。

大学を卒業した先輩たちからは、「数年前に比べると、学生の人数が減っていて就職しやすい状況になっているからうらやましい」と言われていますが、そんな実感はなく、実際のところ内定をもらうまでは不安です。

いずれにしても、まずは動いてみないことにはどうなるかわかりませんので、ベストを尽くそうと思います。

今の僕についてはこんな感じです。

お返事お待ちしています。

横浜市○○区□□2-28-3
学生　西山　諒太

僕は手紙を何度も読み返してから封筒に入れ、封をした。

その日の帰り、僕は自分のマンションの近くにあるコンビニのポストに手紙を投函した。


それからというもの、僕は手紙屋から手紙が届くのを心待ちにするようになった。誰かに手紙を書いて、その誰かから返事が届くのを待つというのは本当にわくわくするものだ。このことは新鮮な驚きだった。正体のわからない手紙屋からの手紙をこれほどまでに心待ちにしている自分がおかしくもあった。同時に、もどかしさも感じた。

そんなに早く届くはずもないだろうに、投函してから二日後には、そろそろ来るかなあと郵便受けを気にするようになった。一人暮らしの僕の部屋の郵便受けは、宅配の寿司やピザなどの広告がたまりがちだったのだが、その日以来郵便受けはいつもきれいになった。

予想に反して、手紙屋からの返事は遅かった。手紙を出して数日後に受けた最初の面接も終わり、一週間が経っても届かなかった。

ようやく手紙を受け取ったのは、僕が二つめの会社の面接を終えて帰ってきたときだ。

最初の面接ではとにかく緊張していたせいで気がつかなかったが、着慣れないスーツと履き慣れない靴で一日中姿勢を正して生活するのは想像以上に疲れることだった。
その日面接を受けた会社まで、僕の住んでいる場所から片道二時間以上かかったこともあり、僕は疲れきって部屋に帰った。すると、少し大きめの茶封筒が郵便受けの中に入っているのを見つけた。とてもきれいな字で僕の名前が書かれている。

手紙屋からだ！

僕は疲れも忘れて、部屋のある二階へと階段を走った。鍵を開けると、電気をつけ、スーツのままネクタイも外さずに部屋の真ん中に正座した。急いで封を開ける。慣れないワイシャツを長時間着たため、襟ズレで首がヒリヒリと痛むことも忘れていた。
中身を封筒から抜き取ると、僕はむさぼるように手紙を読み始めた。

❖一通目の手紙『物々交換』

出会いは人生における何物にも代えがたい財産です。

人との出会いが人生を素晴らしいものにします。はじめまして、諒太君。

まずは、お手紙を出してくれてありがとう。桜が咲き誇る、多くの人の旅立ちに当たるこの季節に、あなたと出会えたことに心より感謝します。そして、お誕生日おめでとう。

私に手紙を出してくれる人は皆、等しく勇気があると思います。行動する勇気を持っているという事実は、あなたの将来の成功を約束してくれるはずです。私は『手紙屋』として、あなたが手にするだろう成功を、できる限り大きなものにしてさしあげるのが使命だと考えています。私との出会いが、諒太君の人生にとって不可欠なものとなりますように。

さて、まだ若いあなたは、人生において手に入れたいものがたくさんあるのではないかと思います。そこで、考えてください。

あなたは欲しいものをどうやって手に入れますか?

世の中の多くの人はこう考えて生きています。

『欲しいものはお金を払って手に入れる』

日用品や食料、家や車、新しい服など、私たちは普段生活をする上でどうしても必要なものから贅沢品と呼ばれるものまで、人間らしく、そして自分らしく生きるためにさまざまなものを手に入れなければ生きていけません。それらはどうやったら手に入るのかというと、多くの人は「お金を払えば手に入る」と考えます。だからこそ大学四年生は少しでも多く、安定した収入を求めて就職活動をするわけです。そうですよね。

確かにこれは間違いではありません。

ですから、世の中の人々が、お金儲けが大好きな人から、お金儲けは不浄だと思っている人まで、お金をたくさん手に入れる方法を、また、たくさんでなくてもいいから安定して手に入れる方法を確保するべく大変な思いをしているのです。

お金はたくさんなくても、必要最低限さえあればいい。そう考えている人でも、その必要最低限の収入源の確保が先決だという生き方をしています。必要なお金はあるという前提で、それ以上はなくてもいいと言っているのです。私は、〝お金を払えば欲しいものが手に入る〟ということを否定するつもりで書いているのではありません。たしかに一つの真実だと思います。だから、人よりたくさんお金を儲けようとすることは不浄だとは思いませんし、少なくてもいいなんて考えないで、むしろそうすべきだと思っているんです。

しかし多くの人が持っているこの考え方は、私の考える欲しいものを手に入れる方法とはちょっと考え方がずれているような気がするのです。

では、私はどう考えているか……ですよね。気になりますか？

私は、やはり欲しいものを手に入れる方法の基本は、

『物々交換』

じゃないかと思っているんです。

貨幣が流通の中心である、現代社会に住んでいる私たちは、そのことを忘れがちですが、やはり私たちが毎日やっているのは単純な『物々交換』でしかないのです。

こんな話をすると、「今の日本で物々交換で手に入れられるものなんてないよ」とか「最近そんなのしたことない」と感じるかもしれませんね。でも今も昔も、そして世界中のどこであっても、私たちが欲しいものを手に入れる方法というのは、『物々交換である』と

いうのが事実なんです。

驚きましたか？　わかるように説明しましょう。

私たちがしている行為は、以下のように説明できます。ゆっくり読んでみてください。

『相手の持っているものの中で自分が欲しいものと、自分が持っているものの中で相手が欲しがるものとを、お互いがちょうどいいと思う量で交換している』


確かにお金を使えば、欲しいものの多くは手に入ります。ただ、私のこの解釈を理解すれば、それは単なる一つの方法にすぎないということがわかってもらえるんじゃないかと思うんです。私の説明に合わせて考えてみると〝欲しいものをお金で手に入れる〟という行為はこんなふうに説明できます。

『相手の持っているものの中で自分が欲しいものと、自分が持っているものの中で相手が欲しがる〝お金〟とを、お互いがちょうどいいと思う量で交換している』


これが何を意味しているか、おわかりですか？

もしあなたが、欲しいものを手に入れる方法として〝買う〟という方法以外思いつかない人ならば、あなたが持っているものの中で相手が欲しがるものが〝お金〟だけであるということを無意識のうちに認める生き方をしているということなのです。


はたして本当にそうでしょうか?

あなたの持っているものの中で、他の人が欲しがるものは〝お金〟だけなのでしょうか。そんなことはありません。気がついていないだけで、あなたにはお金ではなく、もっと素晴らしいものが、相手がどうしても欲しいと思うものが、たくさんあるんです。それは探せば探すほど、たくさん見つかります。自分自身を磨けば磨くほど、増えていくんです。


諒太君は就職活動中ですよね。

〝働く〟という行為もまた物々交換です。先の言葉を使えば、

『会社が持っているものの中で自分が欲しい〝お金〟や〝安定〟と、自分が持っているものの中で相手が欲しがる〝労働力〟や〝時間〟を、お互いがちょうどいいと思う量で交換している』

ということになります。しかしもっと深く考えてみると、会社が持っているものの中で

あなたがどうしても欲しいと思えるものは、お金や安定、多くの休日や福利厚生の充実以外に本当はたくさんあるはずです。同様に、あなたの持っているものの中で会社が欲しがるものは、時間と労働力以外にもたくさんあることに気がつくはずです。

私は、手紙屋としてあなたに、〝あなたの持っている素晴らしいもの〟〝他の人が交換したがるもの〟にたくさん気づいてもらえるように、一つでも多く身につけてもらえるように、頑張って手紙を書きます。もしそれができれば、あなたは人生においてほしいものをドンドン手に入れることができるようになるでしょう。

あなただけの素晴らしい人生を実現するお役に立つこと。これが私の使命であり、実現できればこの上ない幸せです。

そしてこれが私の持っているものの中で、あなたに提供できるものです。

つまり私があなたとの物々交換のためにご用意するものが〝手紙〟であり、そこに書かれる〝あなたを変える言葉〟です。私は手紙屋をビジネスとして営んでいますので、私からの手紙と交換にあなたから何かをいただくことになるのですが、それはあなたにお任せします。

私からの手紙をきっかけにあなたが成功の人生を送り、手に入れたものの一部でもかまいません。あなたにとって私の手紙の価値が、例えばチョコレート一枚だと判断された場合には、そちらをありがたくいただきます。いつでも、何でもかまいません。

とにかくあなたが、私からの手紙の価値に見合うと判断するものを、いつか返していただければと思います。


これがあなたと私の約束。


あなたが約束を守る人だということを、私は知っています。ですから、もちろん催促する気もありませんし、契約書もありません。

このお約束でよろしければ、お返事をください。お待ちしています。私にとっても、将来大きな成功を収める若い方と、こうやって手紙のやりとりをするのは、どのような報酬にも代えがたいほど幸せなことなのです。

ただし、一つだけ注意があります。

あまり多くのものを返そうとしないでください。どのようなものでもありがたく受け取りますが、それが、私が想像しているものよりもはるかに多くのものや、高額のものだったりすると受け取りかねますのでご注意ください。

いただいたお手紙から判断すると、就職活動も始まり、いくつか面接を終えられたのではないかと思います。

いわゆる普通の大学生が抱く価値観からではなく、諒太君独自の価値観で、それぞれの会社が持っているもののうち、あなたが欲しいものをよく考えてみてください。そして、あなたが持っているものの中で、会社や社会の人々が欲しがるものが、〝時間〟や〝お金〟しかないのかをよく考えてみてください。

絶対にそんなことはありません。例えば、笑顔や、あなたが発する言葉だって物々交換の対象になるんですよ。

あなたには、もっともっと他の人が欲しがる魅力がたくさんあるのです。それをたくさん見つけて、磨いて、出し惜しみしないでどんどん周囲の人に提供してみてください。きっと思ってもみない、さまざまなものが手に入るはずです。

お返事をお待ちしています。

出会いに感謝している『手紙屋』より

決心

手紙を読み終わった僕は、しばらくの間、呆然としていた。

手紙屋は僕の知らない世界のことを教えてくれる。いや、僕の生きている世界は僕の理解しているものとは実は違うものだということを教えてくれる……。

これが第一印象だった。

僕はそれまで、欲しいものを手に入れる方法なんて考えたこともなかった。ただ単に、「お金をたくさん貯めれば、いいものが買える」くらいにしか考えてなかったのだ。ところが、手紙屋が教えてくれた考え方に当てはめてみると、そうやって考えている人は、いつまで経っても、〝自分が持っているものの中で、他人が欲しがるものがお金〟という状態が変わらなさそうだ。そして、僕はこの考え方に妙に納得させられてしまった。

手紙屋との文通を続けるべきか……。

僕はようやく我に返り、着慣れないスーツを着たまま部屋の中央に座っていることに気がついた。

翌日、僕は書楽へと向かった。

その日はオーナーの森さんがいた。

「西山君。久しぶりだねぇ」

「こんにちは、森さん」

「半月ほど前に来てくれたんだって？　内田君が教えてくれたよ。何でも俺に話があるそうじゃないか？」

「そうなんですよ、就職活動のことで相談しようと思ったんですけど……」

「ほう、君もいよいよ始めるのか」

「僕の知っている人で成功している人と言えば森さんだから、いろいろアドバイスをもらおうかなぁと思って」

「なるほどね。でも、俺はアドバイスできるような身分じゃないよ。ただ自由気ままに好きなことをやっているだけだからね。それより、せっかく活動を始めるんだろ？　成功しようが失敗しようが、そこから学べることをしっかり身につけていけばいいんじゃないのかな。その経験はいつか絶対君のためになるよ」

「そうですか……ありがとうございます。それより……」

僕は玉座の方をちらっと見た。そこには、いつも玉座を使っている例の人がいて、今日も何かを書いている。僕が使ったときには手紙屋の広告があったが、今はなくなっていた。

「前にあの席を使わせてもらったとき、『手紙屋』という広告が貼ってあったんですが、手紙屋さんは森さんのお知り合いですか？」

「手紙屋……かい？　俺は知らないなぁ。住所や職業がわかっている人ばかりだから、何か貼らせてもらいたいと頼まれても断ってないんだよね」

本当に知らないのかとぼけているだけなのか、森さんは謎めいた微笑みを浮かべてコーヒーカップを拭いている。

「もしかしたら、内田君が貼ったのかなぁ」

ひとり言のように、森さんがつぶやいた。

「和花さんですか？」

「そう。予約席の本棚に入れる本のチョイスなんかは全部、彼女に任せているからね。彼女は本をたくさん読んでいろんなことを知っているんだよ。あの子の兄貴は俺もよく知っている昔からの友達なんだけど、ともかくすごい読書家でね。その影響だろうね」

「僕があの席を使ったときに置いてあった本も、和花さんが選んだものなんですか？」

「そうだよ」

森さんが選んだとばかり思っていた僕は、僕と同い年の和花さんがあの種の本を読んでいるということに衝撃を受けた。

「あ……そうだ。このポストカードなんですが」

『あなたの能力は、今日のあなたの行動によって、開花されるのを待っています』

そう書かれたカードを、僕は差し出した。

「これは、誰が書いたものなんですか？」

「あの人だよ」

森さんが示した方向は玉座だった。やはり、あの男性はひとかどの人物らしい。

「あの人は鷲川タイセイさん。聞いたことあるかい？　多くの若い読者に支持されている作家さんだよ。西山君も機会があったら読んでみるといい。素晴らしい本を書いているんだ。そうだ、就職活動の相談なんかもしてみたらどうだい？」

森さんはけっこう大変なことをいつも事もなげに言う。僕があの人に話しかけるなんてどれだけ無茶なことかわかっていないらしい。

だが、やはりいつも書き物をしているあの男性は作家だった。

書楽に行けば手紙屋について何かわかるんじゃないか。そう考えていた僕の当ては外れ、この日、手紙屋に関する情報はまったく得られなかった。和花さんの意外な一面といつも玉座にいる男性が何者かということだけを知り、僕は帰路についた。

電車の窓の外で左から右へ流れては消えていく景色を見ながら、僕は考えた。

手紙の内容は誠実な感じがしたし、何より、手紙屋は僕のことを信用してくれている。僕も、相手を疑わずに信用して返事を出すのが礼儀だと思えた。このとき誰かに相談したら、「新手の商売の勧誘じゃないの？」「最後は宗教の誘いかもよ？」などと変な先入観を植えつけられたかもしれない。僕もその可能性を考えないわけではなかったが、何となく、信頼できるという気がした。そんな気持ちになったのは、手紙屋が〝約束〟について明記していたからだ。

この手紙に見合うと僕が判断したものを、その量だけ返せばいいらしい。安心感はあったが、ものすごく難しい宿題を出されたような複雑な気分にもなった。逆に、下手なものは返せない。手紙が僕の人生に与える影響は大きそうだが、それに対して、何をどれだけ返せばいいのかなんて想像もつかなかった。単純にお金で計算しても、いくら分に相当するのかはわからない。

ああでもない、こうでもないと考えていたのだが、もっとこの人から手紙が欲しいという思いには勝てなかった。

結局、僕の心は初めから決まっていたのだ。その決定を後押ししてくれるような理由を必死で探している自分に気づいたときに、覚悟は決まった。

よし、手紙屋との文通を続けよう。

こうして僕と手紙屋の文通が始まった。

相手の持っているものの中で自分が欲しいものと、

自分が持っているものの中で相手が欲しがるものとを、

お互いがちょうどいいと思う量で交換している。

あなたの持っているものの中で、
他の人が欲しがるものは
“お金”だけなのだろうか?
そんなことはない。
気がついていないだけで、
あなたにはお金ではなく、
もっと素晴らしいものが、
相手がどうしても欲しいと思うものが、
たくさんあるのだ。

大丈夫。あなたには、
もっともっと他の人が欲しがる魅力がたくさんある。
それを見つけて、磨いて、出し惜しみしないで
どんどん周囲の人に提供してみよう。
きっと思ってもみない、さまざまなものが手に入るはず。

✣僕からの手紙（二通目）

こんにちは、手紙屋さん。

一通目の手紙、最高でした。なんと言えばいいか。とにかく、今まで考えたことがないような視点から、〝欲しいものを手に入れる方法〟を教えていただいて、僕の今後の人生において欠かすことのできない重要な何かを学んだ気がしました。

ですから、ちょっと迷ったのですが、続けてお手紙をいただきたいと思い、こうやってお返事を書いています。今後ともよろしくお願いします。

ただ何をお返ししたらいいのかは、今のところまったく思い当たるものがありません。これから考えます。僕はこの先何をして生きていくのかも決まっていませんし……。でも、僕の持っているものの中で、手紙屋さんが欲しがるものを探して、いや、つくっていきたいと思います。今は何もないような気がするので、気長に待ってもらうことになってしまうかもしれませんが、よろしくお願いします。

繰り返しになりますが、『物々交換』の話。とても考えさせられました。

僕は「お金がすべてだ！」という生き方をしていないつもりでした。でも、自分の持っているものの中で相手が欲しがるものは〝お金〟くらいしかない。そんなふうに無意識のうちに決めつけて、それ以外のものを磨かずに、どうやったら多くのお金を手に入れ続けられるかということを考えるようになっていたみたいです。

手紙屋さんは『物々交換』を実践しているんですよね。十年もそうやって生きてこられたということですか？　広告に〝手紙屋一筋〟って書いてありましたよね。ということは、他に収入はなく、この仕事だけで生計を立てているってことでしょうか？　だとしたら、本当にすごいと思います。相手が誰だかわからないのに、みんなに対して同じような約束をしているんですよね。その人が善人かどうか、どんなものが返ってくるかという保証もないのにそれを信じるのは難しいことだと思いますし、実際に何も返さない人だっているんじゃないかとも思います。

僕、個人的には、会ったことのない手紙屋さんからそこまで信用されると逆に、裏切ることはできないという気持ちになって「絶対に約束を守らなければ！」というプレッシャーを感じています。

いずれにしても、僕にとっては、そういう約束だけで成り立っている『手紙屋』という職業が存在すること自体が驚きでした。これからお手紙をいただくにつれて、僕にとってはさらに驚きの多い日々になるんじゃないかと思うと、とてもワクワクします。

それにしても、こうやって手紙を書くのは本当に難しいですね。自分の伝えたいことがしっかり伝わっているかどうかとても不安です。そうそう、手紙屋さん、お名前はなんとおっしゃるんですか？

なんとお呼びしていいかわからず、〝手紙屋さん〟と書かせてもらっていますが、何だかちょっと書きにくくて……教えていただければ幸いです。

それでは今日はこのへんで……。

西山諒太

p.s. 初めに面接した企業から、一次面接合格の知らせを受けました。来週、二次面接があります。頑張ります。

❖二通目の手紙『あなたの称号』

桜の花も散り、木々の緑が濃く感じられるようになりました。暖かい春らしい陽気が続いていますね。お元気ですか？

諒太君からの二通目のお手紙、拝読いたしました。

手紙屋からの手紙に必要性を感じていただけたようで、素直に喜んでおります。本当にありがとうございます。

ご期待に応えられるよう誠心誠意、手紙を書きたいと思います。今後ともよろしくお願いします。


名前の件ですが、別に秘密にしているというわけではありません。ただ、私は自分のことを「手紙屋」と呼んでいますし、この手紙は個人としてではなく職業人として書かせていただきますので、そのまま「手紙屋！」と呼び続けていただければと思います。例えば、八百屋さんに「八百屋さん！」と声をかけるのと同じように。

実際に私が何という名前かは、どうでもいいことなのです。

もちろん、どうしても気になる場合は、あなたは調べることができます。手紙の送り先である、この住所まで来ていただければ、私の名前や、容姿、年齢などを知ることができるでしょうしね。まあ、あせらなくとも私とあなたはいつかお会いする日が来るはずです。つまり、あなたが成功の人生を手にして、私に何かを返しに来てくれるときです。私はその日を心から楽しみにしています。ですから私個人についても、そのときまでのお楽しみということにさせてください。

さて、今日の私からの手紙は、先日諒太君が送ってくれた手紙にあった言葉から始めさせていただきます。諒太君からのお手紙にこうありました。

『僕、個人的には、会ったことのない手紙屋さんからそこまで信用されると逆に、裏切ることはできないという気持ちになって「絶対に約束を守らなければ！」というプレッシャーを感じています』

実はみなさん、そうなんです。おっしゃるとおり、私は手紙屋として今は主にこの仕事で生きています。ただ、幸いなことにこの仕事でお付き合いをさせていただいた方の中で、初めの約束を守ってくれなかった人はまだ一人もいないのです。

私が手紙屋として諒太君と同じ約束を交わした方の中で、すでに何かを返してくださったのは全体の半分ほどでしょうか。私は、その方たちから十二分に幸せに生きていけるだけのものをいただいています。むしろ多すぎて困るくらいです。残りの半分の方々からはまだ何も返していただいていませんが、その人たちも自分にしか実現できない成功を手に入れようと精一杯努力している最中です。きっといつの日か私との約束を守ろうと心に誓って毎日を過ごしてくれているのです。ありがたいことです。


そんな私を「だまされている」と言う人もいるかもしれません。

でも、決してそうではないのです。私は彼らが他のどんなことを忘れても、私との約束は忘れないだろうことを確信しているのです。それは他の人には理解できないかもしれませんが、十通の手紙のやりとりをした私にはわかります。彼らがどうして何もまだ返せないのかも。

私に何かを返すのが遅い人ほど、できるだけ大きなものを返そうとしているのです。大きな夢を抱いて、それを実現する人生を選択しているのです。そして、そういう人生を生きる上で私の手紙が大いに役に立ったから、大きく成功したあとで大きなものを返したいと考えているに違いないのです。そうでなければ、チョコレート一枚を送ればすむことなのですから。

中には、今事業に失敗して一文無しになって、本当に返せるものがなくなってしまっている人もいるかもしれません。でも、そういう人もいつかきっと成功を手にする日がやってくる。そのときには真っ先に私のことを思い出し、約束を守ろうとしてくれるのです。

今までお付き合いさせていただいたみなさんはそうでした。

さて、前置きが長くなりました。

今回私は、あなたの中に他人と交換できる素晴らしいものを増やすのは簡単なんだということをお教えしようと思います。

私たちが住んでいる社会では、人と付き合って生きていくことを避けることはできません。前回の手紙の『物々交換』の話を理解してもらえたのであれば、よくわかると思います。あなたが米や野菜をつくらなくても、牛を飼わなくても、服をつくらなくても、毎日の食卓に食べ物が並び、必要な品に囲まれて生活できるのは、それを供給してくれる人がいるからです。その人たちなしに、あなたが生きていくことは不可能です。そしてその人たちと何かを交換しているから、今日もそれらをあなたが手に入れることができているのです。

そう考えると、成功の人生を送る上で、たくさんの人と上手に付き合っていくことはとても大切なことになるのです。

とはいえ、現代は人との付き合いを極力避けようとする風潮がありますし、やはり人と上手に付き合っていくのは難しいことだと思われているようです。

そこで今日は、あなたが出会った人すべてをあなたの味方にする魔法の方法を教えようと思います。

それは……、

相手にこうなってほしいという『称号』を与えてしまうのです。

ネタ晴らしをするようで、心苦しいのですが。私があらゆる人から約束を守ってもらえる理由がここにあるのです。

私は、初めにあなたに、

〝絶対に約束を破らない人〟

という称号を与えました。それを与えられたあなたはその称号どおりになろうとするのです。これは本当です。

私の場合は、相手がどのような人かを判断してから、○○な人という称号を与えるのではなく、相手にこうなってほしい、こういう人でいてほしい、という称号を初めに与えてしまうところから人間関係をスタートさせているのです。


私は人間を変えることはできないと思っています。

言っていることに矛盾を感じるかもしれませんが、まあ、最後まで読んでください。


私があなたのことをこう言ったらどうでしょうか。

「諒太君は、誰よりも親切で優しいね。君ほど優しい人はいないよ」

きっとあなたは喜びながらも、心の中でこう思うでしょうね。

「それほどでもないよ。冷たい一面だってあるし、自分のことしか考えてないときだってある」ってね。

では、私がこう言ったらどうですか？

「じゃあ、君ほど冷たい人はいない。自分のことばっかり考えて他の人のことなんてお構いなしだ」

きっと、あなたはこう思うでしょう。

「それほどひどくない。もっとひどいやつだっているし、これでも他の人に気を遣っているんだよ」ってね。

同じように、「暗い」と言われれば、そうでもないと思うし、「明るい」と言われれば「暗いときもある」と思える。「強い」と言われると「弱いところもあるってことをわかってもらえない」と思えるし、「弱い」と言われると「そんなことない！」と反論したくなる。

諒太君だけではありません。私もそう。人間ってみんな、そうなんです。


つまり人間には過不足なく、あらゆる性格が備わっているんです。だから性格は変えようとしても変えられるものではない。別の言い方をすると、変えようとしなくても、性格はちゃんとあるんです。

あなたにとって、ある人がとてもわがままで意地悪な性格のように感じることがあるかもしれません。でもそれは、その人が〝わがままで意地悪〟なのではないのです。いろいろある感情の中で、あなたの前ではあなたが〝わがままで意地悪〟だと感じる一面しか見せようとしていないだけなのです。

『相手を変えることはできない』

『すべての人にあらゆる性格が備わっている』


このことがわかれば、あと必要なのは、あなたが相手の持っている性格の中で欲しいものを引き出してあげる存在になることなのです。

そして、相手の性格を引き出してあげる方法が、称号を与えるということなのです。


そんな単純なことで……と思うかもしれませんが、そんな単純なことであなたは多くの人を味方につけることができるようになるのです。

人は与えられた『称号』どおりの人間になろうとするからです。


世の中の多くの人は他人に称号を与えるのが大好きです。

でも、与えられる側にとって嬉しい称号ではなく、あまり嬉しくない称号ばかりを与えて生きているのです。

試しに、ちょっと想像してみてください。

あなたは、あなたがいないところで友達からなんと言われていると思いますか？

あまり素晴らしい評価は期待できないかもしれませんね。

これはあなたが素晴らしくないということではありません。多くの人は他人を評するときに、あらゆる性格を持つ複雑な人というとらえ方をするのではなく、自分の一番印象に残っている一面を思い浮かべて、あいつは◯◯なやつという称号を与えたがるからなのです。


例えば、意見が対立したことがある友人からは
「あいつはわがままだよ！」

なんて言われるわけです。

だからといって、その友人を責めるわけにはいきません。

なぜなら、この世の中でその人の欲しがる称号を、思わずそうなろうと頑張ってしまうような嬉しい称号を、先に与えてくれる人なんてほとんどいないからです。みんなが与える称号は「こうなれ」という希望を込めたものではなく、「こんなまずいところがある」という現状に対するダメ出しばかり。みんな今の自分が完璧だと思って生きているわけで

はありません。いろいろ悩みや問題を抱えて、人とぶつかったり、傷つけたり、傷つけられたりしながら成長しています。その過程にいるんです。ということは、自分がしたことを見てきた友人たちが、それだけを参考にして称号を与えたときに、あまりよいものにならないのは当然の結果といえるでしょう。

でもごくまれに、自分がまだ持っていないけれども、与えられると嬉しい称号を与えてくれる人がいます。

世の中で〝偉人〟と呼ばれる人を育てた母親です。母親でない場合もありますが、とにかくその偉人を育てた人です。

偉人と呼ばれる人々には、ある共通点があります。誰もが素晴らしい才能を持っていたことのように思われがちですが、実はそうではありません。素晴らしい才能とは世の中のすべての人が持っているものです。

では、いったい何でしょうか。

実は、偉人として成功する前から、〝将来成功する〟という称号を与えられて育ったということなのです。

それは母親、父親、周囲にいた大人、場合によっては自分で選んだ師匠からかもしれません。とにかく周囲の誰がなんと言おうと、「おまえは、将来世の中の多くの人のためになる素晴らしい才能を持っているんだよ」という称号を与えられて育っているんです。そして事実、そうなっていきました。与えられた称号どおりになったわけです。

私は、今の世の中に偉人といわれる人が少ないのは、その称号を与える人が少ないからに他ならないと思っています。

そこで、もしあなたが相手の欲しい称号を与える人になったらどうなるかを考えてみてください。

あなたは、世の中の多くの人にとって、かけがえのない存在になるでしょう。あなたの与えた称号のおかげで、この世の中に偉人がたくさん誕生することになります。

その人たちにとって、あなたとの出会いは人生におけるこの上ない幸せになることでしょう。

もちろん、あなたが思ってもいないウソを言って相手をだまそうとしても、まったく意味がありません。しかし、世の中のすべての人に無限の可能性があるというのは疑いようのない事実です。どんな人にだって将来〝偉人〟になる可能性があるんです。あなたがそれを心から信じて、相手にその称号を与え続けるだけで、あなたはその人の人生にとってなくてはならない存在になるのです。そしてあなたの与える『称号』も、他の人にとっては物々交換の対象になるのだということを忘れてはいけません。

〝お金〟だけでなく、使いようによっては〝言葉〟だって、相手が欲しがる物々交換の対象になるということなんです。

このことは、前回の手紙の最後にちょっと触れましたね。

周囲の人に対して、今までの経験からではなく将来こうあってほしいという称号を与える人になるだけで、あなたの人生は一転するでしょう。

それは直接本人に話す場合に限りません。
例えば、本人がいないところで、その人について話すときにも心がけるべきことです。
People will talk.
人はどうしても話したがるもの。その言葉はめぐりめぐって、必ず本人に届くことになります。

あなたが友達のことを「あいつは、本当に優しいやつだよ」と評したとして、他の人からその友達に届いたときのほうが、あなたが直接彼に『称号』を与えたときよりもはるかに、あなたに対して優しい人になってくれようとするものです。

あなたも、きっと

「○○さんが、諒太君は優しい人だって言ってたよ」

という話を耳にしたら、その○○さんに対して今まで以上に優しく接してしまうでしょう。

あなたは、今日から誰に、どんな称号を与えて生きていきますか？

あなたの成功を確信している『手紙屋』より

✣僕からの手紙（三通目）

こんにちは、手紙屋さん。

先日いただいたお手紙にあった『称号』の話を読んで、「西山君は優しい心を持った子ね」と僕に言ってくれた小学校三年生のときの先生を思い出しました。僕は決して人から優しいと思われるようなことをしていたわけではなかったのですが、それを言われて以来、その先生の前では優しい人として振る舞おうとしている自分がいました。確かに、人は言われたとおりの人になろうとするんですね。

そういう経験をしながらも、自分が人に称号を与えるときには、その人が欲しがる称号を与えるというよりも、どちらかというと欲しくないだろうなと思えるような称号を与えて生きてきました。

結果として、人間関係が思うようにいかないで悩んだり、孤立したりしたこともしばしばありました。それらをどちらかというと、相手のせいにしたり、「あいつとは合わないんだ」と投げやりになったりしていましたが、自分が直接、あるいは間接に与えていた称号のせいだったんだなって妙に納得できるところがあって、反省しました。

そして、もう一つ。

いただいたお手紙を読んでいて意外だったのは、〝僕が成功の人生を送る方法〟が書いてあるのではなく、〝他人に成功の人生を与える方法〟が書かれているところでした。

恥ずかしながら、実は僕、ちょっと期待していたんです。

手紙屋さんと文通を続けることによって、誰も知らない、僕だけしか知らない成功法則が得られるのではないかって。僕の成功の役に立つどんなすごいことを教えてくれるんだろうって。

ところが、いただいたお手紙に書かれていたのは、僕が成功する方法ではなく、僕の周りの人を成功させる方法でした。

何となく、自分の器の小ささを見透かされたような気がしました。

でも、おかげでそれが本当に大切な視点だということがよくわかりました。

この世界に生きていく以上、成功するために他の人たちから必要とされることがどれだけ大切なことか、わかっているつもりでいたんですが、まだまだ自分一人の力で成功しようと考えていたのかもしれません。

あれから、いろんな人に必要だと思ってもらえる人になるべく、僕の友達をはじめとする周りの人に素敵な称号を与えるようにしています。本当に不思議なくらい、自分を取り巻く環境が変わっていくのを感じます。みんなが僕に親切にしてくれるようになり、いろんなことに協力してくれるんです。人間関係が素晴らしい状態で毎日を過ごすのがこれほど楽しいことなのかということを初めて知った気がします。

手紙屋さんには本当に感謝です。

先日、それがうまくいったからかどうかはわかりませんが、前回の手紙でお伝えした会社の二次面接にも合格し、内定がもらえそうです。その会社のリクルーターの方はとても尊敬できる、仕事に情熱を持った人で、偶然にも僕の大学の直系の先輩ということもあり、とても気に入ってもらっています。

その人も、

「今年は団塊の世代が定年退職する影響で新卒生が就職しやすい年だと思うよ」

と言ってくれています。

それが一番の要因でしょうが、今のところ僕の就職活動がうまくいっているのは、手紙屋さんのこの前のお手紙以来、人と会うたびに、

「この人のすごいところはどこだろう……」

ということを考えるようになり、それを感じたときには口にするようになったということと無関係ではないと思っています。

実は内定がもらえそうな会社は、初めに考えていたマスコミ関係の企業ではなく、面接の練習のつもりで受けた大手自動車メーカーなのですが、会社の規模も大きく世界的にも有名で将来性もあり、社員の方たちの考え方や仕事に対する情熱もかなり気に入りました。僕は車にも興味があるので、内定をもらったらそこに就職することにしようかと考えています。

まあ、実際に内定をもらってから考えればいいことなので、それまでは気を抜かずに就職活動を続けます。

どこまで自分のものにできているかわかりませんが、手紙屋さんの教えで僕はドンドン

変わっている気がします。
三通目以降も楽しみにしています。
これからもよろしくお願いします。

西山諒太

❖三通目の手紙『天は自ら助くる者を助く』

春なのに夏のような陽気が続いていますね。梅雨が近いということでしょう。お変わりありませんか。

時代は目には見えないけれども刻々と変わり、それに従って就職活動の様子も数年前の状況とは変わってきています。数年前は大卒生の就職率が過去最低というニュースが話題になっていましたが、その数年前には一人の大学生が五～六社から内定をもらい、学生の獲得競争が激しかった時代もありました。これからもいろんな要因によって、状況は変わっていくのでしょう。

今は、数年前に比べるとずいぶん就職しやすい状況になったみたいですね。いただいたお手紙から、それを感じることができました。状況がどうであれ、諒太君の将来にとって、一番意味のある居場所を見つけることができるといいですね。応援しています。

さて、あなたは就職活動をしている多くの学生たちがその名を聞けばうらやむような大企業の内定を目前にしているわけですね。ひとまずおめでとうございます。結果がどうなるにせよ、これまでの活動があなたの人生において重要な経験になることだけは間違いありません。最後まで自分らしく頑張ってくださいね。

大企業から内定をもらえそうなあなたに対しては、ちょっと水を差してしまう内容かもしれませんが、あなたの人生を素晴らしいものにするために必要なことでしょうから、今日はあえて提言しようと思います。

それは、十年もすれば世の中は大きく変わるということです。

世間の流行も、需要も、そして個人的な好みもそうです。

あなたは十数年前の世の中では、どんな物が流行っていたか知っていますか？

世はポケベルブームでした。高校生を中心とする若い世代が初めて手にすることができる携帯型通信手段として信じられない成長を見せていました。当然流行が生まれれば、そこには成長する企業が存在します。おそらくポケベルを扱っていた企業は莫大な利益を得たと思います。メールというものが存在しない時代にどこにいる相手にも思いを伝えられるツールは多くの人の心をとらえたのです。数字でどうやって思いを伝えるのかを、あなたは想像できないかもしれませんね。〝0833〟で「おやすみ」と読ませるなど、今考えると涙ぐましい努力をしていたんですよ。

こんな説明をしなければならないということが何を意味しているか、もうおわかりでしょう。今の世の中で〝ポケベル〟を使っている人はいないということなんです。つまり、十数年前に一世を風靡した商品も今はもう存在しないのです。

それよりもさらに前の時代、エリートと呼ばれる大学生たちは競ってある就職先を目指していました。銀行や証券会社をはじめとする金融関係です。当時、誰もが銀行や証券会社に就職すれば将来が安泰だと思っていました。終身雇用制を疑う者もいなかったし、金融機関がなくなることも、誰もが考えもしなかったことだったんです。しかし、実際はそうなりました。世に言うバブル崩壊がきっかけです。

結果として、絶対安泰だと思われていた大企業が次から次へと倒産しました。もちろん、それ以上に多くの中小企業が倒産したのも事実ですが。

歴史は同じことを繰り返しています。

エリートと呼ばれる人々は就職する際に、その時代で最も有望な職種や企業を選択できる位置にいます。だからその時代を象徴する、今をときめく企業に就職するんです。ところが、十年経ったら世の中は大きく変わります。ましてや定年退職する頃といえば、入社してから四十年も経っているんです。今は絶対安泰だと思われている職種や企業が、四十年後もそうだという保証なんてありません。実際に、すべての企業は多くの荒波を乗り越えなければ生き残っていくことはできないのです。

今、生き残っている大企業も、実はもうダメかもしれないと思うような荒波を幾度となく乗り越えたからこそ、この世に存在しているのであり、これからもそれを乗り越えなければ存在できないのだということを事実として知っておかなければなりません。

そういうことを考えずに、盲目的に会社の規模や知名度などを頼みに就職をする若者が絶えません。そしていつか「こんなはずじゃなかった」という日がやってくるのです。

それは会社の倒産という形かもしれないし、業績低下によるリストラという形かもしれない。あるいは、上司が変わることによる左遷という形かもしれない。そこまでひどくないにしても、何度も荒波を乗り越えなければならないのは企業のみならずそこに働く社員も同じことなんです。

入社して四十年間何事もなく順風満帆でした、なんてことを期待するほうが非現実的だということがわかると思います。

想定外のことが起こって初めて「自分の会社は安泰じゃなかったんだ」と思い知っても、もう手遅れなのです。


こういう話をすると、あなたは「自分の会社が安泰かどうかなんて働いていれば気づくでしょう?」って思うかもしれませんね。また「会社が危なくなったら自分から辞める」と考えるかもしれません。

確かに普通に考えると気づいてもよさそうなものですが、案外多くの人が気がつかないものなんです。そして、その頃には会社を辞めることができない状態になっているんです。

どうしてかわかりますか?


実は、日本のほとんどの会社では入社してから数年間はどんな勤務態度でも、もらえる給料に差が生まれないからです。

例えばある企業に就職したあなたは一年間、同期入社の誰よりも必死で働き、家にいる時間まで仕事にあてたとします。一年後、あなたがもらえる給料はどうなるでしょうか?

多くの若い人はこう考えています。

「他の同期の人よりも、かなりとはいわないまでも、ちょっとは差がつくでしょう」

ところが、現実は多くの場合違います。まったく同額なのです。

あなたが寝る間も惜しんで働いて会社のために貢献したとしても、あなたの目から見て手を抜いていたり、外回りに行くと言って出ていっては車の中で寝ていたり、陰では上司の悪口ばかりを言っていたりする社員とまったく同じ金額をもらうのです。多くの人は給料を〝自分に対する評価〟だと思っていますから、それを数年続けられるとどうなっていくかというと「自分も手を抜いたほうが得だ……」と考えるようになってしまうんです。

自分本位に考えてみると、同じ金額がもらえるなら楽なほうが得だと思うかもしれません。でも、そういう過ごし方は、自分の力で生きていこうとする姿勢に欠けています。結局は会社の持っている財力や、他のまじめに働いてくれる人の頑張りがあるから、手を抜いても給料がもらえているという事実を忘れてはなりません。

つまり、こうなってしまうと、給料をもらえるのが当然の権利だと声高に主張したところで、他の人の力を当てにして生きている事実は変えようもないわけです。さらに面倒なことに、当の本人はそのことに気づいていない状態ができあがってしまいます。そういう過ごし方をして給料をもらうのは当然の権利だと考えるようになってしまうのです。同じような仲間も多いでしょうからね。

平時はそれで生きていけるかもしれませんが、会社が荒波に飲み込まれそうになったときに、当てにされるのはそういう社員ではありません。どんな働き方をしてももらえる額が同じなら、身を粉にして働くのがばかばかしい。そう思って、みんなが競ってできる限り少ない労働力で多くの権利を得ようとし始める中、絶対に一人はいるんです。いつまでも文句を言わずに頑張り続ける人が。

他の人に「まじめに働いてると馬鹿を見るよ。適当に楽しんでいかなきゃ」と言われながらも、割に合わないとかを問題にするのではなく、純粋に仕事を一生懸命やることに生きがいを感じる人が。

何かあったときに頼りにされるのはそういう人であり、他の人たちはそのときになって、「あ、安泰じゃなかったんだ」と初めてわかるんです。

初めから好んで手を抜く側に回ろうとする人がいるわけではありません。でも、何年も何年も努力をしたのに評価されないと思い始めると、ついつい自分は損をしていると、考えてしまうようになるんです。

私はこれを損をしているとは思いません。

いいじゃないですか。平時はあなたの頑張りで他の人の分まで働いて、他の人の給料を稼ぎ出す人になる。とてもやりがいのある仕事だと思うんです。実際に人の上に立つ人、つまり上司はそれができる人でなければ務まりません。部下の分まで働いて得た収入を部下に配分することができる人でなければ無理なのです。だから一見不公平に思えるこの給与体系も、ある意味で理にかなっていると私は思います。

一度に百人もの社員が入社する企業でも、トップの椅子は一つしかありません。しかも、その椅子だって毎年空くわけではなく何年かに一度入れ替わるチャンスがあるかないかなのです。まず最初に上の椅子を獲得できる人は、同僚の不足分を補う働きができる人で、同時にそれを自分の手柄だと主張しない人であるべきでしょう。

だから、入社後、全体のために身を粉にして働く人も、楽をして自分の権利だけを主張する人も、何年間も一律で給料が上がるのは上司としてふさわしい人間を見極める上で、とてもいい試験材料になるのです。

『平時はあなたの頑張りで他の社員の分まで給料を稼ぎ出す』

不公平どころか、これほどカッコいい生き方はないと思うんです。同時に、有事にはちゃんとそれまでの頑張りが認められ、その人だけが荒波を乗り越えたあと、認められる存在になる。私はそれを十分な報酬だと思います。就職後きっと直面するだろうこの事態を前に、あなたにも同じ気持ちになってもらえるならとても嬉しいことです。

あなたがそういう社員になれば、会社はあなたのことを大事にするでしょう。会社がなくなってしまっても、他社があなたを放っておかないでしょう。

自分ではどうにもしがたい境遇に陥ってしまう人たちには、ある共通点があります。それは自分の力ではなく、〝他力〟を当てにして生きようとしているという点です。会社の大きさや他人の頑張りなど、自分の人生をつくっていく上で自分以外の他のものの力を当てにしてしまうのです。

一方で会社の規模の大小や職種に関係なく、どんな状況になっても成功する人はいます。

それは、どんな環境に身を置いていても人生を自分で切り開いていこうとする人です。
他者に守ってもらうのではなく、自分にできる精一杯のことをやろうとする人です。
見返りとして何がもらえるかを考えて自分のすべきことを決める人ではなく、報酬に関係なくそのときそのときに自分のベストを尽くして毎日を生きようとする人です。

あなたの就職先が大企業であれ、小さな企業であれ、大切なのは自分の人生は自分でつくっていくという強さを常に持ち続けることです。いや、むしろ大きな企業であればあるほど、その意識が薄れやすいのでしかと心に留めておくべきです。

『天は自ら助くる者を助く』
いつの世でも同じです。

大企業から内定がもらえそうな今だからこそ、忘れないでくださいね。

心配性な『手紙屋』より

天国と地獄

大手自動車メーカーの最終面接を終えた僕は確かな手応えを得て家に帰ってきた。面接会場になっていた東京本社から駅までの道を歩きがてら、ここに勤務することになったらどんな毎日が待っているのかということを、駅周辺のおしゃれな店のショーウインドウを見るともなしに見ながら考えたりもした。

リクルーターの人の話から考えても、きっと内定がもらえるだろう。〝内定〟という言葉こそ使われなかったが、そういうニュアンスを伝えていたのは肌で感じることができた。

就職活動を始めるのは誰よりも遅かったが、いざ始めてみるとドンドンいろんなことに対して夢や期待、希望を抱いていく自分に出会えることができたのは新しい発見だった。本当は新しい発見ではなく久しく経験しなかった感覚だといったほうが正しいのかもしれない。僕の記憶では中学のときの部活動以来だ。

何かに必死になると楽しくなる。

その感覚を僕は長い間忘れていた。高校・大学と〝何かに必死になる〟ことから逃げるように生きてきた自分に遅ればせながら気がついたのだ。いつの間にか〝楽しいこと〟を〝楽なこと〟〝笑えること〟と思うようになっていた。そのくせ、楽で笑える毎日が楽しかったわけではない。どこかむなしい日々だった。

ところが、今は違っていた。決して楽ではないし、笑えもしないけれど自分の将来に向かって行動したり工夫したり、手紙を書いたりする生活が楽しくて仕方がない。この頃を境にして、僕の学生気分は古くなった壁のタイルのようにはがれ落ち始めた。

最終面接の手応えに気分をよくしたからか、その夜実家からかかってきた久しぶりの電話で、僕は就職活動の状況報告をした。とりあえず内定が決まってから連絡しようと決めていたのだが、その誓いを僕は自ら破った。

「そういえば、今日な、前に言うてた自動車メーカーの最終面接があってん」

親と話をするとどうしても訛りが出てしまう。

「あ、そう。それでどうやった？」

「まあ、内定もらうまではまだわからんけど、行けたんちゃうかなぁ」

「そりゃよかったやないの。内定もろたらお祝いせなあかんね」

「いや、気が早いよ。その話は内定もろてからしよや。もろたらすぐ連絡するよ」

「それじゃあ、まあ、まだあんまり期待せんと待っとくね」

こんな調子で僕は十分に期待を持たせた言い方で、母親に報告した。電話で何度「まだわからんけど……」と言っただろう。その回数だけ、内定をもらったあとの自分の生活や今後の人生の方向性について話したということだ。

その企業から不採用の通知が届いたのは思った以上に早く、面接を受けた翌日だった。僕は両親に期待を持たせる話をした翌朝に、どん底へと突き落とされることになった。

内定をもらってから連絡すると決めていた誓いを破った自分に腹が立った。

「君がわが社に入ってきたら……」「君ならきっとうちの会社に合っていると思うんだよね」などという、将来を約束されたように感じた言葉の数々は何だったのだろう。

断られるときはあっさりしたものだ。

数時間後、失意のため息と共に僕は受話器を手にした。昨日の電話で話してしまったばかりに余計な仕事が一つ増えてしまったのだ。もちろん、実家への報告だった。

第二期　挫折、そして成長

自分の人生と真剣に向き合い始めたときに変化は起こる

再出発

期待していた企業から不採用の通知が届いた翌週、僕は姉に招待される形で東京まで食事に出かけた。

東京と横浜で地理的にはそう遠くはないのだが、大学生活が始まると学校、アルバイトなど自分の生活も忙しく、結局一度も行き来がないまま四年生になってしまっていた。

姉は僕が内定をもらえなかったことを両親から聞いて心配したのだろう。唐突に電話をかけてきて、

「久しぶりに食事でもどう？」

と誘ってくれた。

断る理由もなく、僕はそれを受けた。

その日は東京にある、ちゃんこ鍋屋に行った。力をつけると言えば、ちゃんこ鍋でしょうという安易な発想だったらしいが、その心遣いが嬉しかった。問題がないときには何とも感じない家族の優しさも、自分が弱っているときには本当にありがたく感じるものだ。

その日は、喜太朗《よしたろう》さんも一緒だった。

僕が姉の夫の喜太朗さんに会うのはこれが四度目だ。

一度目は八年前、姉の結婚式のとき。初めて会ったときから、喜太朗さんは車椅子だった。単なるケガだと思い、披露宴のときに僕は聞いた。

「足はどうしたんですか？」

「事故で動かなくなっちゃったんだよ」

彼は笑顔で答えてくれたが、僕はその先を聞いてはいけない気がして、

「ふうん」

と言ったきり、逃げるようにしてその場を離れた。自分のテーブルに戻ると、兄の寛人が僕に向かって笑顔で右手を差し伸べている。驚いて振り返ると、喜太朗さんが僕のすぐ後ろまで車椅子を動かしてきていた。

自分から積極的に他人に働きかけることがない兄の行動が意外だったが、花嫁の兄として喜太朗さんにいい印象を与えたかったのかもしれない。だが、兄は握手をするとさっと手を引っ込めて、話を聞くだけになってしまった。そして僕はそのとき、喜太朗さんが明るく話好きな人だということを初めて知った。

二度目は五年前、従兄弟の結婚式でだった。だが、そのときは話をする機会がないままだった。

僕にとって喜太朗さんは近くて遠い存在だった。何しろ身内になって数年間、交わした会話が一度だけだったのだから当然だろう。

その距離感が大きく変わったのは三年前の大学受験のときだ。姉の家に二週間ほどやっかいになった僕は、そこで初めて喜太朗さんといろんな話をするようになった。

喜太朗さんは受験で緊張している僕をリラックスさせようと、姉とのなれそめなど、さまざまな話をしてくれた。話はいつもとびきり面白く、食卓には笑いが絶えなかった。僕はこのとき初めて本当の兄を持ったように感じた。

車椅子の喜太朗さんの生活は、僕が想像したものとはまったく違い、行動的だった。

「動いてないと、嫌なんだよね」

喜太朗さんはそう言って、時間を見つけては僕を誘って散歩に出たり、バスケットボールの練習をしたり、ボランティア活動をしたりと動き回っていた。僕は、ちょっと外に出るのも面倒になる性分の自分が恥ずかしくなったのを覚えている。

彼の家には立派とはいえないが、書斎がある。暇があるときには読書にふけっているらしい。ある日、喜太朗さんは教えてくれた。

「僕にとって本は、素晴らしい師匠であり、一生付き合っていける友人であり、いろんなヒントを与えてくれる先生でもあるんだ。そういう本に出会ったときの感動は、何とも言えないものだよ。自分の未来がすべて光り輝いて見える瞬間なんだ」

読書の素晴らしさを知らなかった当時の僕は、

「ふうん」

と気のない返事をしたが、喜太朗さんは、

「そういう一冊に出会えば、諒太君もわかるよ」

と言って笑っていた。

その言葉を今でも覚えているということは、心のどこかに引っかかっていたのは間違いない。義兄のそういった発言を聞いたり、彼のライフスタイルを見たりしていたことが、その数週間後に書楽を見つけたときに、〝書斎〟という言葉に強く惹かれた理由の一つかもしれない。

四度目となるこの日も、喜太朗さんはいろんな話をして楽しませてくれた。そのほとんどがどうでもいいような笑える話で、妙に就職活動を意識したものでなかったことも、喜太朗さんなりの配慮だったのだろう。ただ、話の流れの中で出てきた言葉には本当に勇気づけられた。

「倒れなかった者が強いんじゃなくて、倒れても立ち上がる者が本当に強いんだよ」

という言葉だ。

「そんなことが書かれていて、今の君にぴったりの本を今度探しておくよ」

とも言ってくれた。

僕が就職活動を始めてから痩せたことを気にしたからだろうが、姉は何だか栄養のバランスの心配ばかりして「春菊も食べれば?」「このお肉も食べときなさい」と、やたらうるさかった。だが、家族の中にいるという懐かしさを感じて心が和んだ。

さりげない会話の中に二人の優しさがあふれているように思えた。

帰り際に姉が言った。

「お母さんも心配してたけど、結局は何やったって生きていけるんだから、あまり思いつめすぎないようにしなよ」
「うん、わかってる」

楽しむだけの大学生活を送っているときにはわからなかった家族の愛情を感じた。東京の街を、次から次へと流れていくタクシーのテールランプが少しにじんで見えた。

立ち上がろう。まだ始まったばかりだ。
もっと、もっと強くなろう！
僕は心に誓った。

✣僕からの手紙（四通目）

こんにちは、手紙屋さん。

三通目のお手紙をいただいてからしばらく間があいてしまって、すみません。

まずは何から書いたらいいでしょうか。迷っているうちに時間が過ぎてしまいました。

とはいえ、書くことと言えば一つしかないのですが……とにかくあまり間をあけてはいけないと思い、この手紙を書いています。

実は、この前お話しした大手自動車メーカーからは内定をもらえませんでした。

実際に内定をもらうまで安心するつもりはなかったのですが、リクルーターの方とも仲良くなっていたし、トントン拍子に最終面接まで進んだので、きっと大丈夫だろうとたかをくくっていたんです。でも、ダメでした。

こうなってみて、自分がすでにその会社から内定をもらったあとのことしか考えていなかったということを思い知らされました。当てにしているつもりはなかったんですが、自分が選ばれないはずはないって心のどこかで思っていたようです。手紙屋さんの話に影響を受け、「入社したら、他の人の分まで働いて会社の売上に貢献するカッコいいやつになるぞ！」と意気込んでいました。そんなおごりがどこかにあったのだと思います。

その会社に入社することになるだろうと思い、浮気はいけないと決意を固めるつもりで他の企業の面接の予定を入れていませんでした。そこ一本に絞ってやってきたのも、今となっては裏目に出ています。

おかげで本当に、振り出しに戻ってしまいました。

何も活動していない状況に逆戻りです。

手紙屋さん。内定をもらえないショックって、思った以上に大きいですね。

初めは当たって砕けろって感じで何社も受けて、一つでも内定をもらえればいいやと思っていたのですが、最終面接まで行って不採用になるというのが、これほどこたえるとは思ってもみませんでした。僕は自分で思っていた以上に打たれ弱かったようです。

「おまえは役に立ちそうもない！」って会社の上の人たちから言われたみたいで、なんというか、自分という人間を否定されたような気がしました。

この状態から立ち上がるのは、本当に精神力が必要です。そうはいっても立ち上がるしかありませんからね。頑張ります。

とはいえ、今からもう一度就職活動を再開するとして、はたして自分のやりたいことを見つけることができるのか、それから、うまくしてそれを見つけたところで採用してくれる企業があるのかと不安なことはいっぱいです。

幸い、大学の友人に内定をもらっていないやつがいて、今度、多くの企業が参加する合同就職説明会があるので一緒に行こうと誘われました。もう一度気力を振り絞って最初からやり直してみようと思います。そんな僕に何かアドバイスがあれば、ぜひお願いします。

何だか、前の手紙で、もう内定をもらったような気になって浮かれたことを書いてしまったようで、穴があったら入りたい気分です。

気分の乗らない短い文章になってしまいました。次はいい報告ができるよう頑張ります。

西山諒太

❖四通目の手紙『思いどおりの人生を送る』

昨日降り始めた雨を受けて、梅雨入り宣言が出されました。太陽が恋しい季節に突入ですが、この雨が大地に多くの恵みを与えると思うと、かけがえのない季節だと思えます。

こんにちは、諒太君。

例の企業からは内定がもらえなかったのですね。失意の中、お手紙を出してくれてありがとうございました。落ち込みながらも、何とか立ち上がる強さを持とうという頑張りが伝わってくるお手紙でした。内定がもらえなかったこと自体は、あなたにとっては残念なことかもしれませんが、この状態から立ち上がるという経験は、あなたに、企業からもらう内定以上に大きなものを与えてくれるはずです。

あなたは今、「人生って思いどおりにいかないものだなぁ」と思っているかもしれませんね。でも、今日はあなたに「人生って結構思いどおりになる」ということを知ってもらおうと思います。

人間は自分の居場所、所属する集団がなくなるのを極端に怖がる動物です。ですから、「居場所がなくなる」「どこにも所属する場所がない」という恐怖心は人間を行動に駆り立てくれます。

ということは、よほど意志の強い人は別として普通の人たちはその恐怖心がなければ、今いる場所がよほど居心地が悪くない限り、〝行動〟自体をしようとしなくなるんです。

多くの人が文句を言いながらも会社を辞めないのは、これが理由です。

受験生が勉強をする理由、大学生が遊ぶのをやめて就職のために自分を磨こうとする理由の多くは、「どうしても大学に行って勉強したい」「どうしてもその会社に入ってやりたい仕事がある」という積極的理由よりも、こういった「居場所がなくなる」という消極的理由が中心です。

私はこの消極的理由が悪いとは思いません。

どんな理由であれ、自分を成長させる行動を起こす中から積極的な理由を見いだすことができるからです。初めから高尚な目標を掲げて仕事をしている人なんてまれです。

ただ、そう考えると、多くの人が簡単に大学に入れたり、大卒生のほとんどが苦もなく大手企業に就職できたりする事態は大きな〝ピンチ〟だと言えるでしょう。

今のままでは所属する場所がなくなるという恐怖心がなければ、自分を磨こうとする努力をしないのが普通の人間だからです。簡単に就職先を見つけることができる世の中なら、多くの人が努力をしないで生きていこうとするようになるでしょう。もし大学が十年間通う場所であれば、四年目に当たる今から、就職について考えますか？

誰もが簡単に大学に合格できていたら生まれなかったであろうカリスマは、さまざまな世界に数多くいます。

同じように、誰もが簡単に就職できていたら生まれなかったであろう天才は、世の中にたくさんいることでしょう。

作家、俳優、ミュージシャン、会社を起こした人……。

もちろん全員ではないけれども、大学を卒業しても簡単には就職できないという苦しい状況があったからこそ選べた道において大成した人は数知れないはずです。

もし君が就職難時代の大学生だとして、すべての会社から断られたとしたらどうしますか？　それでも生きていかなければいけません。

ここに一つのチャンスが生まれます。

「安定も、将来の保証もないけど、自分のやりたいことをやって生きていこう！」

という気持ちになれるチャンスです。

こういう気持ちになるのは本当に勇気がいることです。できればそこまで追いつめられたくないというのが多くの人の本音でしょう。でも、仕方なくそういう状況に陥ることによって得られる勇気もあるんです。そして、その勇気を使って多くの人は夢を実現する人生を手に入れることに成功しています。

まさに、チャンスはピンチであり、ピンチはチャンスなんです。

今、自分に起こっていることがラッキーなのか、アンラッキーなのかは、そのときに判断することはできません。そのときラッキーだと思うことが、その後の人生においてとんでもない足かせになることは珍しくないし、アンラッキーだと思ったことがあったからこそ、成功を手にする人が多いのもまた事実です。

つまり、〝ピンチ〟を〝チャンス〟に変えるということが、多くの成功者にとっては不可欠だったのです。

そう考えてみると、人生における〝思いどおりにいかないこと〟は避けようとするものではなく、心待ちにして、やってきたら「よし来た！」と、自分の持てるあらゆる知恵と勇気と行動力を振り絞って歓迎するべきイベント、すなわち自分を成長させるイベントだということがわかると思うのです。

もちろん、自分の思いどおりに事が運ぶことのすべてが〝ピンチ〟だなんて言うつもりはありません。それが〝当然〟の場合だってあります。

『人生は思いどおりにいく』

多くの成功者が座右の銘にする言葉です。

『人生は思いどおりにいかない』

夢を実現できなかった、もっと多くの人たちが感じる人生の教訓です。

人生の教訓がこれほどまでに違うのはどうしてでしょうか。

前者にとって思いどおりにいくことは〝当然〟であり、後者にとって思いどおりにいくことは〝ラッキー〟でしかないのです。(もちろん、本当は〝ピンチ〟ですが)

私は、あなたに前者になってもらうために、『物々交換』では手に入れることができないものを手に入れる方法を一つご紹介しようと思います。

それは、あなたの頭の中にいつも〝天秤〟を用意することです。

天秤の片方の皿の上には、あなたの手に入れたいものを載せます。そして、それと釣り合うものを、釣り合う量だけ、もう片方の皿の上に載せたときに、あなたの欲しいものが手に入るのです。

例を挙げてみましょう。

「チームで一番野球がうまくなりたい」と考えている少年がいます。もちろんこれは、『物々交換』では手に入れることのできないものです。では、もう片方の皿の上に何をどれだけ載せれば、この思いを実現することができるのでしょうか。

そう、誰でもわかるはずです。〝チームの誰よりも、意味ある練習をたくさんする〟というものを載せれば釣り合うでしょう。

もし、この少年が「日本で一番野球がうまくなりたい」という目標に変えたら、もう片方の皿に何をどれだけ載せなければならないか、答えが変わってくることもよくわかると思います。

天秤の反対側に何をどれだけ載せればそれを手に入れられるのかということは、誰もが考えればわかることです。だからこそ、それを考えて、反対の皿に必要なものを必要なだけ載せて、自分の欲しいものを手に入れてきた成功者たちにとっては、それらが手に入ることは〝当然〟の結果なのです。

一方で、人生は思いどおりにいかないと悩んでいる人の多くは、〝〇〇大学に合格したい〟という目標を天秤の片方の皿に載せたときに、もう片方の皿に〝お賽銭一〇〇円〟を置こうとしています。これでは釣り合いません。少ないという意味ではないですよ。置くものを間違えています。あなたはこの話を笑うかもしれませんが、誰もが頭の中に天秤を用意して考えてみると、こういう異質なものを置こうとしているという反省があるはずです。

もちろんこの場合は、反対の皿に〝勉強する〟という努力を載せる必要があります。そして問題なのはその量です。足りなければ釣り合いません。釣り合わないということは手に入らないのが当然なのです。

これが〝当然〟のはずですが、多くの場合、人々は片方の皿の上に載せる努力が足りずに欲しいものが手に入らなかったことを「人生は思いどおりにいかない」というのです。

そして、私の考える『本当のピンチ』の基準はここです。

つまり、自分が手に入れたいものに対して、反対の皿に載せているものが違っていたり、足りていなかったりするにもかかわらず、それが手に入ってしまうことが、人生の中では何度かある。それこそが『本当のピンチ』なんです。

そういうことが一度あると、その後も人生においてそれを期待することになるかもしれません。

近い将来必ず、

「なまじ、あのときうまくいってしまったばっかりに……」

なんて後悔することになるのです。

今のあなたは、天秤の釣り合いなんてとれてなくてもいい、ラッキーでも何でもいいから、企業の内定がもらえるほうが幸せだと考えているかもしれませんが、二十年後のあなたもそう考えているでしょうか？

成功の人生を送る人にとっては、起こる出来事にラッキーとアンラッキーの区別はありません。どんな出来事も自らを成長させる糧に変えて、たとえどれほど不運に見舞われたとしても、その経験がなければ手に入れることができないような成功を実現しようとします。そして普通の人が、ついてない出来事や失敗として片づけてしまうことを、自らの成功のために必要不可欠な〝材料〟にまで昇華してしまうのです。

あなたにもその力があります。

今回の不採用という経験があったからこそ、身につけられる精神的強さ。そこから立ち上がり、新しく起こした行動によって得られる出会い。その後、別の道に進んだからこそ得られる成功。そして発見する自分らしい生き方。それらすべてを経験した二十年後のあなたは、今日の経験をどう振り返るでしょうか。

「あのとき、大手の企業から不採用になったからこそ今日の成功がある。そう思うと、あの経験に感謝しなきゃいけないなぁ」

こう思うことでしょう。

その成功を実現できるのは、あなたしかいません。

大丈夫、あなたにはできます。

今のあなたは、成功の人生を送る上でどうしても必要な経験を集めているだけなんです。
人間は乗り越えた逆境の数だけ強くなれます。その数が多ければ多いほど、どんな状況にも負けない強い人になれるんです。だから人生の成功者になるというのは逆境をたくさん乗り越えるということと同義でもあります。
もし、あなたが成功の人生を送りたいと考えるのであれば、できるだけ失敗のないように内定をもらえるのをよしとする〝所属する場所探し〟ではなく、それがなくなるかもしれないという恐怖心に打ち勝ちましょう。せっかく一生に一度の機会ですから、誰よりも多くの逆境を集めて自分を鍛える目的で就職活動をしたらどうでしょうか。

手に入れた結果の善し悪しは、あとでいくらでもあなた自身が変えることができます。今は、結果を恐れずいろんな経験を手にするために行動あるのみだと私は思うのです。

この手紙によって、少しでもあなたの行動する勇気が戻ってくることを期待しています。

おせっかいな『手紙屋』より

✣僕からの手紙（五通目）

こんにちは、手紙屋さん。

四通目のお手紙、ありがとうございました。自分の視野が本当に狭くなっていて、目先のことしか考えられなくなっていることに気づかされました。

確かに僕は、できるだけ失敗しないように、別の言い方をすると〝楽をして名前の通った企業に就職できること〟が就職活動の成功だと思っていたような気がします。なんて言えばいいでしょうか、友達から「すげーっ」って言われるような世間的に知られた企業に就職することができればカッコいいかな、なんて安易に考えていたんです。

でもそんな甘いもんじゃないということを思い知らされたし、それに実は就職活動の成功は別のところにあるような気がしてきました。

少なくとも、何事もなく、活動が順風満帆に進んで内定をもらうことよりも、今の僕にとっては〝強くなるための材料〟を集めることのほうがカッコいいことのように思えてきたんです。これは僕にとっては新しい価値観でした。

そういう気持ちになることができたのは手紙屋さんのおかげです。あなたと文通していなければこれほど強い気持ちを持つこともできなかったでしょうし、この前の不採用が決まった時点で自暴自棄になっていたかもしれません。本当に感謝です。

とはいえ、これからも不採用という結果を繰り返していったときに今と同じような強い気持ちを持ち続けることができるかどうかはわかりません。でも、きっと大丈夫です。なぜなら、乗り越えた逆境が多ければ多いほど強い人間になれる。そしてそういう人ほど成功に近いという考え方を、心から納得できたから。

僕はいろんな逆境を集めるために就職活動を続けようと思います。不採用は自分を成長させるための道具だと思って、嫌がらずにドンドン受け入れていこうと思います。

そう決めた今、僕の心はとても晴れやかです。

やはり、何となく〝自分を守ってくれる場所探し〟をしていたんだと思います。それをできるだけ早く見つけようとしていたようでもあります。しかも、他の人に自慢できるような世間的に有名なカッコいい企業に就職することだけを考えていました。

でも、今は違います。

僕は強くなりました。落ち込んでじっとしている暇なんてないですからね。どんな結果になっても自分自身を大きく成長させるために、この経験を生かそうと思えるようになりました。

そういう考え方を持つようになって、僕の中で一つの変化が生まれました。

それは就職活動に対する気持ちの変化です。今までは選ばれる側の緊張感から、一日も早く終わらせて解放されたいという後ろ向きな自分しかいなかったのですが、今はいろんな経験をするのが楽しみになっている自分がいるんです。もちろん緊張感は今でもありますが、一日も早く終わらせたいと感じるものではなく、せっかくだからいろんな経験をしてみたいと思えるものに変わってきたんです。友達が聞いたら、気が狂ったんじゃないかと勘違いされそうなほど、自分でも予想していなかった感情の変化です。

これからが本当の意味での就職活動のスタートです。気持ちも新たに頑張ります。

とはいえ、迷いがないわけではありません。

一つは職種。どういう職種が向いているのかが未だによくわからないのです。もちろん今から希望する職種が見つかったとして、その職種で内定がもらえるかどうかもわかりませんし。

もう一つは会社の規模です。手紙屋さんは、三通目の手紙で会社の規模に関係なく成功する人は成功すると教えてくれました。おっしゃることはよくわかるのですが、それならこれから大企業を中心に就職活動をすべきなのか、それとも中小企業を中心にすべきなのかということになると難しい決断です。だって、どちらでも同じなら、やはり規模の大きい企業を目標にしたほうがいいように思えてしまうのです。

中小企業の内定は比較的活動の時期が遅くなってももらえると思うので、可能性があるうちは大企業の内定をめざして面接の申し込みをしていこうと現時点では考えています。

いずれにしても、これからが本番です。

いい結果の報告ではなく、いい経験が報告できるよう頑張ります。

西山諒太

❖五通目の手紙『ある人の人生』

雨はやむことを忘れたかのように、今日も降り続いていますが、時折吹く暖かい南風に太陽の季節が近いことを感じることができます。そろそろ夏ですね。

こんにちは、諒太君。あなたが就職活動を通じて強く、大きく成長している様子がいただいたお手紙からよくわかります。その成長の先に納得のいく就職先が見つかるといいですね。これからも頑張ってください。

さて、今日はこの国に生まれる、すべての〝人〟の一生についてお話ししようと思います。

まず、この国に生まれるすべての人には親がいます。つまり、そこには子供を産もうと決めた親の意志が必ず存在するのです。

この国に生を受けた人は必ず、国民になることが義務づけられています。出生の届けを出さなければいけません。親がそれを怠れば、その人はこの国で自由な活動をして生きていく権利を手にすることができません。

生まれてしばらくは、さまざまな経験を通して成長しています。あらゆることが初めてのことばかりですから、失敗や他人との衝突を繰り返しますが、いろんな人と関わりながら大人になっていきます。

大人になると、この国に生きるものとしてさまざまな義務が生じてきます。納税などがその例です。あなたも一生お付き合いをしていくことになります。


この国に生きる人はすべて、大人になると働き、収入を得ます。その収入に応じて国に税金を納めるのです。その種類はさまざまですがそれらを納めることによって、この国もしくは住む場所において自由な経済活動をしてもいい権利を手にすることができるのです。もちろん有事に備えて種々の保険に入ったりもします。そうして自らの人生を快適に、成功の人生にするべく日々活動を繰り返すのです。

すべての人はその人生の中で、いろんな人と付き合って生きていきます。気が合う人もいれば、中には気が合わない人もいます。よく言われるのは性格が似ている者同士はいがみ合うということ。自分と同じ個性の人が周りにいるとやはり自分でなければならないという自己重要感が相対的に減らされると感じるからでしょうかね。とにかくいろんな人と、目に見えるところでだけでなく、見えないところでもつながって生きています。

その人のためならどんな支援も惜しまないという応援団もいるでしょう。応援団が少ない人でも、経験を通してその数を増やすことはできます。もちろん自分に利益がありそうだという打算から関係を持とうとしたり、だまそうと思って近づいてきたりする人だっているかもしれません。とにかくいろんな人たちに囲まれながら生きていくのです。

この世に生を受けた誕生日があるということは、いつしか年をとりこの世を去る日がやってくるというのも、すべての人に共通している事実です。この事実を避けることができる人はいません。いろんな時代を経験し長生きをする人もいれば、自分を生んでくれた親よりも先に亡くなってしまう人もいます。長い短いの違いはあれ、いつかはこの世を去るというのはすべての人に共通した事実なんです。

と、まあこんな感じで、この国に生まれる〝人〟の一生をざっと説明してみました。これを読みながらあなたは、あまりにも当たり前のことばかりで退屈したかもしれませんね。ただ、ここに紹介した〝人〟って誰のことだかわかりますか？

実はこれ、〝法人〟、つまり、会社のことなんです。

この国では会社は〝法人〟と呼ばれ、法律上、一人の人間として見なされています。

先ほどの内容をもう一度〝会社の人生〟だと思って読み直してみましょう。

まず、この国に生まれるすべての法人には親がいます。その会社を起こした人です。そこには、その法人を産もうと決めた親の意志が必ず存在するのです。

この国に生を受けた法人は必ず、国民になることが義務づけられています。出生の届けを出さなければいけません。親がそれを怠れば、その会社はこの国で自由な活動をして生きていく権利を手にすることができません。

生まれてしばらくは、さまざまな経験を通して成長しています。初めてのことばかりですから失敗や他人との衝突を繰り返しますが、いろんな人と関わりながら大人になっていきます。この期間が我々普通の人間に比べると短いのですが、初めの数年間は税制上の優遇があるのは事実です。

さて、この国に生きる法人はすべて、収入に応じて国に税金を納めます。その種類はさまざまですがそれらを納めることによって、この国もしくは住む場所において自由な経済活動をしてもいい権利を手にすることができるのです。もちろん有事に備えて種々の保険に入ったりもします。そうして自らの人生を快適に、成功の人生にするべく日々活動を繰り返すのです。

すべての法人はその人生の中で、いろんな人や会社と付き合って生きていきます。気が合う法人もいれば、中には気が合わない法人もいます。とにかくいろんな人や会社と、目に見えるところでだけでなく、見えないところでもつながって生きています。

その法人のためならどんな支援も惜しまないという応援団もいるでしょう。いわゆる株主です。応援団が少ない人でも、経験を通してその数を増やすことができます。法人にとっては、心から信頼できる友人をたくさん得ることに成功する法人もいます。そういう友人たちは法人の仕事がうまくいっているときも、そうでないときも変わらずそばにいて応援し続けてくれます。もちろん打算から関係を持とうとする人もいるでしょう。調子がいいときは友人が増え、本当に困ったときには少なくなるというのは法人社会だって、人間社会と同じなのです。とにかくいろんな人たちに囲まれながら生きていくのです。

この世に生を受けた誕生日があるということは、いつしか年をとりこの世を去る日がやってくるというのも、すべての法人に共通している事実です。この事実を避けることができる法人はいません。いろんな時代を経験し長生きをする会社もあれば、早々と先に消えてしまう会社もあります。しかし長い短いの違いはあれ、いつかはこの世を去るというのはすべての法人に共通した事実なんです。

どうですか、諒太君。今までの会社観とはちょっと違う会社観が、あなたの中に生まれてきませんか？

それでは、幸せに長生きする法人とはどのような法人でしょうか。

まず、その活動を世の中の多くの人から長期間にわたって必要とされ続ける法人でなければ、長生きできませんよね。そして、もう一つ。自分の生存を収入の範囲内でまかなうことができなければ生き残ることはできません。世の中の多くの人から必要とされているけれども、自らの生存を維持するためには現実の二倍も収入を必要とする会社は生きていくことができないのです。

だからすべての法人は、生存するためにこの二つのことを達成しなければならないことになります。

つまり、
『多くの人から長期間にわたって必要とされ続けること』
そして、もう一つは
『収入内の生活をすること』
最低限、これらのことができなければ、法人としての人生は終わってしまうのです。

個人的には、とても興味深いことだと思います。物事のすべてにおいて〝逆はまた真なり〟といえるわけではありませんが、これに関しては一つの真実だと私は感じています。どういうことかというと、私たち人間の一生と法律上の人間である法人の一生がここまで似通っていることを考えると、実は私たち人間もこの二つを達成しなければ生きていけないということがわかるからです。


後者については言うまでもないでしょうが、重要なのは前者です。

『多くの人から長期間にわたって必要とされ続けること』

多くの人は生きていくために何が必要かと問われると、

「働いて収入を得ること」

と考えがちです。でも、それは一つの結果論にすぎません。本当に必要なことは、理想論のように聞こえるかもしれないですが、やはり、

『多くの人から必要とされること』

なのです。

働くことはそのための手段にすぎないのです。

ちょっと脇にそれましたが、これから社会に出るあなたにとっても無関係ではない考え方でしょうから長々と綴ってみました。許してくださいね。

さて、就職活動をしているあなたは、今まさにその法人の一部になろうとしてます。職種や企業の規模で悩むようであれば、別の視点から就職というものを考えてみてはいかがでしょうか。

つまり、どんな人の一部になりたいかを自問してみるのです。

会社が一人の人間だとすると、生まれた日があれば、必ず死んでいく日がある。その人生の長い短いの違いはあれ、この運命を避けることはできません。また、それぞれに性格があり、個性やセンスもある。いろいろ勉強する伸び盛りな時期もあれば、働き盛りな時

期もあるわけです。
ある程度の年齢を超えると健康管理にも気を遣わなければなりません。余分な贅肉がついてしまったら、ダイエットをしようとするのも人間と同じです。内部にガン細胞が生まれてしまうことだってあります。早期に発見して除去できれば大事には至らず、以後健康管理に気を遣うこともできますが、発見が遅ければ死に至る危険性が高いのは企業の大小を問いません。

就職活動をしているあなたは、今まさにその法人の一部になろうとしています。

あなたがもし大きな会社に就職して、初めはその法人の脚の筋肉の細胞の一部になったとしますね。
あなたは上から下りてくる命令に従って、伸びたり縮んだり、ときに激しく動かなければいけなかったり、暇なときがあったりします。上の考え方が変わって、これからは脚を鍛えると決まれば、毎日何かに備えて決まった距離を走らされるかもしれない。脚の筋肉であるあなたは、これだけ働いたから、その分の酸素と栄養分が供給されるだろうと思っています。事実、よほどのことがない限りそれらは安定して供給されるでしょう。

ところが法人だって、その人生の中で、人の人生同様、波瀾万丈でいろいろな出来事が起きています。すべて予定どおりの安定した人生を送っている人なんていない。みんな、思いどおりにいかない人生をいろいろ努力して必死で前進させようとしています。法人だって同じです。いいときもあれば、つらいときもあり、もうダメかと思うような危機だって少なからずある。そのすべてを脚の筋肉であるあなたは知らないだけです。何しろその危機に関係なく、あなたのもとには酸素と栄養分とでもいうべき給料が供給されるわけですから。それが供給されなくなるのは、唯一その法人が亡くなるときだけでしょう。ちょうど毎日何が起きているかに関係なく、あなたが死ぬその瞬間まで、脚の筋肉があなたの命令どおりに動くのと同じことです。

そう考えていくと、必要なものが安定して供給されているからといって、必ずしも会社自体がいつも安定しているとはいえないということがわかってもらえると思います。

もちろん目や耳といった、外の世界が見える役割に自分がついた場合には、その法人に何が起こっているのかはよく見えるようにはなるでしょうから、不安が多くなるものです。小さな企業だと初めからそういった役割をあなたが担うことがよくあります。

さて、たとえ話が長くなってしまいました。

本題がわかりにくかったかもしれませんね。

あなたにとって大切なのは、現時点での企業の規模ではないということをわかっていただきたかったのです。

現時点で大きく成長した法人の一部になることが幸せなことであるかどうかは、誰にもわからないことなのです。

それならば、何を基準に会社を選ぶかですよね。

私はやはりその会社の持つ性格や考え方、そして生き方、さらにどうやって世の中の人たちから必要とされようとしているのか――それらが自分の考える生き方と合う会社を選ぶべきだと思うんです。それが、たとえ生まれたばかりの小さな会社であろうとも。

今は赤ん坊かもしれませんが、これからいろんな人に愛されて幸せな人生を送る法人になるかもしれません。

あなた自身の生き方や考え方に合う生き方をしている法人を探してみてください。

就職活動は大好きになれる人探しです。そして場合によっては一生付き合っていくことになる人探しなんです。ですから、その人の財力や知名度で選ばず、〝性格〟で選ぶのが長い目で見ると一番いいということを忘れないでください。

その法人がどうやって多くの人から必要とされようとしているのかをよく観察してみてくださいね。

たとえ話が好きな『手紙屋』より

✣僕からの手紙（六通目）

こんにちは、手紙屋さん。

あなたと出会って僕の就職観、そして会社観は大きく変わりました。

友達や恋人を選ぶときにその人の社会的地位や知名度、もしくはお金持ちかどうかで選ぶのはとても卑しい考え方だと思っているはずなのに、自分がその一部になろうとしている法人を選ぶ際には、自分がその卑しい考え方にどっぷりつかっていたんだということを思い知らされたような気がします。

何はさておき、相手の〝性格〟や〝どんな生き方をしようとしているのか〟を見るべきだったんですね。会社の大小や、知り合いに話したときにカッコいいかどうかばかりを考えていた自分がちょっと恥ずかしいです。

法人も一人の人間という考え方についてのお話は、本当に考えさせられました。

まだ僕の中でしっかりと考えがまとまっていないのですが、とにかく僕は、自分の幸せのために会社を利用することしか考えていなかったような気がします。

自分の生活のために高収入で、自分が楽になるように休みが多くて、自分の将来が安定するために大きな会社で……。

といった具合に、すべて自分のために会社を選ぼうとしていたような気がします。これじゃあ、手紙屋さんの言うように会社を一人の人間として考えた場合、僕が友人として選ばれるわけがないですよね。

手紙屋さんのたとえ話はとてもわかりやすく、僕は納得しました。

法人だって一人の人間として、健康で長生きをして、幸せでいい人生を送りたいに決まっていますよね。そのために脚を使ったり、手を使ったりするのは当然のことです。どうせ持つなら、いろんな運動に耐えられる強い脚を持ちたいと会社側が考えるのは当たり前だと思うんです。

そういう視点を持つと、一人の法人がどういう脚を持ちたいと考えるかがよくわかります。

自分の利益ばかりを考える、わがままな脚ではどうしようもないですからね。

僕にもその人の幸せや成功のためなら、無償で手助けをしてあげたいと思える家族や友人がいます。

そんな素敵な関係を持てるような法人を探すのが、就職活動なのかもしれませんね。

そのためには、僕自身にとってどのようなメリットがあるのかを考えるのではなく、自分が面接を受けている法人はどんな性格で、どんな生き方をしてきて、これからどのような人生を送りたいと考えているのか、自分と性格が合うかどうかということを相手の持っている知名度や財産を抜きに判断していかなければならないと思いました。

今は生まれたばかりの小さな会社でも、素敵な法人はいっぱいいるでしょうし、そういう法人たちはこれから世の中の多くの人から必要とされ、成長していくでしょう。そんな法人の一器官として、その人生を幸せな方向に導くのも、とてもやりがいのある仕事だと思えてきました。


そうそう、実はあのお手紙をもらう数日前に高校時代の友人に偶然会いました。久しぶりに再会した彼は、僕に投資の話をしてくれたんです。

そいつは、大学二年の頃からバイトで貯めた資金を元手に株式の個人投資を始めて、それがうまくいっているらしく、学生の身分では考えられないほど巨額の収入を得ているんです。就職する気はなく、そのまま個人投資家として自宅にいながらにしてお金を稼ぐ生き方をしていこうと思っていると言っていました。その話を聞いて、僕は正直うらやましくてたまらなかったんです。

彼は、お金を安全に増やす方法があって、ノウハウを教えるから僕にもやらないかと勧めてくれました。幸か不幸か僕にはそれを始める資金がないので断ったのですが、その帰りに本屋で個人投資に関する本を数冊立ち読みしてしまうほど心を揺さぶられたんです。正直、「いいなぁ」って思ってました。

でも、心のどこかで、もしお金があっても自分にはそれをする勇気がなさそうだとも思ったんです。何となく自分には向いていないような気がして。それに〝お金を安全に増やす方法〟という響きが、僕にとっては逆にとても危険に思えて仕方がなかったんです。それからしばらくその友人がうらやましいような、投資など自分にはできそうもないというあきらめのようなもやもやした日が続いたんですが、数日後、手紙屋さんのお手紙をもらって、僕の中にある何となくすっきりしない正体が見えた気がしたんです。

そう、僕は株式投資をするなら、その会社の応援団になりたいと思ったんです。自分が心からその活動を応援したくなるような会社を見つけて、儲かるとか儲からないとか、値が上がっても下がっても気にせず、応援し続けたくなるようなそんな素敵な友人を見つけたい。そういう投資ならできそうだって。何だかそのほうがカッコいいぞって思えました。

というわけで、働かないでお金が儲かる友人をちょっとだけうらやましいと思ってしまいましたが、手紙屋さんのおかげで、その考えから逃れ、素敵な法人の一部として働きたいと思えるようになってきました。

そのためには、自分が心からその活動を応援したくなるような法人をちゃんと見つけることですよね。僕も同じ夢を見たくなるような法人を。

会社選びの基準を〝素敵な性格の人探し〟にすると、職種を絞る難しさはいっそう増してしまいそうですね。

もともと、取り柄も優れた才能もなく、平々凡々と生きてきた僕が、どんな職業が自分に向いているのか、もはやわからない状況ですが、手遅れにならないように今すぐにでもいくつかの職種を決めてドンドン面接の申し込みをしていこうと思います。

西山諒太

❖六通目の手紙『自分に向いていることを探さない』

毎日記録的な暑さが続いていますが、学生としての最後の夏休みを楽しんでいますか？

こんにちは、諒太君。

就職先がまだ決まっていないあなたは、とてもじゃないけれど夏休みを楽しむことなんてできないかもしれませんね。それでも、どんな状況であれ人生を楽しむことは大切なことです。就職活動という道具を利用して自らの成長を楽しむくらいの余裕を持って過ごしてくださいね。

学校教育は、種類の違うさまざまな種を全部一つの鉢（教室）の中に入れて、それを育てる人（先生）たちが自分なりに最も多く芽が出るだろうと思う方法で育てるようなものです。当然ながら、その育て方が自分に合っているので、グングン才能を発揮する種もあれば、普通の気温や水のやり方や肥料では芽を出すことすらできない種だってあります。でも、だからといってその種が、もともと何の才能もなかったと言いきることはできません。育て方さえ間違えなければ、すべての種は芽を出し、茎を伸ばし、葉をたくさんつけて、花を咲かせ、たくさんの実をつけるものです。

あなたが今まで取り立てて才能を発揮してこなかったのは、あなたという種が平凡であったせいではなく、自分という種を最大限に成長させる育て方をしてこなかったからでしかありません。あなたという種は、これから広い社会という場所で、芽を出し、大きく育っていくことでしょう。自分に自信を持ってください。

とはいえ、これは学校の先生の責任ではありません。やはり自分に合う育て方は自分で発見するしかないということなのです。そのことだけは忘れないでくださいね。


さて、あなたは、就職活動という壁を前に、どの方向に進むべきかについて悩んでいるようですね。その原因の一つは、『自分の夢』に向かって自らの進むべき道を決めようとしているのではなく、自らの進んだ先に『自分の夢』を当てはめようとしているからじゃないでしょうか。

具体的に言えば、大手自動車メーカーの社員になった場合の自分の人生はこうなっていくだろう、中小企業に入社することになった場合はこういう人生になるだろう、といった具合に、行く場所によって、もしくは職種によって、自らの将来の夢が制限されるような感覚で、自分の所属する場所を決めようとしているんじゃないかと思うんです。

しかし、実際はそうではありません。あなたが就職する先は〝将来を制約する場所〟ではないのです。

結局、どんな会社に就職することになったとしても、いわば高校の普通科と同じです。その先何だってできる、何の約束もない〝自由な場所〟でしかないのです。

人間は一人ひとり、生まれたときの状況が違います。健康に生まれる人もいれば、生まれながらに身体が弱い人もいる。都会に生まれる人も、田舎に生まれる人もいる。お金持ちに生まれる人もいれば、そうでない人もいるし、平和な時代に生まれた人もいれば、生きていくのもままならない時代に生まれる人もいる。

とにかく、人生のスタート地点はすべての人が違うのです。しかし、スタート地点の違いによって将来の成功を制約されることはありません。どこからスタートしても自分のめざすゴールにたどり着くことができるのです。

現実には、子供の頃貧乏だった人のほうが親がお金持ちで財産を受け継いだ人よりも、将来成功して多くのお金を稼ぐ人になる可能性は高いくらいです。そう考えると、人間は人生のスタート地点からは想像もできないゴールにたどり着くのが普通なのかもしれません。

就職についても同じことが言えます。あなたが就職する先は新たな人生をスタートさせる場所であることは確かですが、だからといって、その職種や企業によってたどり着くゴールが制限されてしまうようなものではないのです。

ですから、自分に向いていそうな職業を見つけてそれに固執しようとしなくてもいいと思うんです。第二の人生のスタート地点とゴールは大きく違うものだから、入り口は何でもいいという柔軟な姿勢でいろんな可能性を探ってみるべきです。

あなたは、前回の手紙の最後でこう書きました。
『どんな職業が自分に向いているかわからない』

多くの若者があなたと同じように自分に向いていることを探して、就職先を見つけようとしています。そしてうまく見つけることができずに苦しんでいます。

しかし、私はここではっきりと断言します。

ある仕事が自分に向いているかどうかは、やってみなければわかりません。

やる前は自分に向いていると思っていたことも、いざ始めてみると自分には向いていなかったということを思い知らされて打ちのめされることも多々あります。また、自分では向いているとは思わなかったことも、続けていくうちに思いもよらなかった喜びを発見することは珍しくありません。長期間にわたって没頭してみて初めて開花する才能だってあるのです。

就職活動中の大学四年生が自分に合っている仕事を探すのは、中学生になったばかりの少年が、部活動を選ぶのに自分に合っているスポーツを探そうとするのと似ています。

まだやったことのない数々のスポーツを前に〝自分に向いているもの〟を探しても見つかるはずもありません。それは、食べたことのない果物を目の前に並べられて、自分にとって一番おいしいのはどれかを決めろと言われているのと同じです。

〝向いていると思う職業〟なんて幻想です。向いているかもしれないし、向いていないかもしれない。実際に、ものをつくるのが自分に向いているからと思って家電メーカーに就職しても最初に配属されるのは、営業だったり販売だったりすることがよくあります。若い人たちは「これは自分に向いている」とか「向いていない」と工夫も努力もせず、その本当の面白さや重要性を理解することなく、第一印象のみで仕事の種類や会社を取捨選択したがりますが、会社は、本人が気づいていない可能性を開花させる方法は、本人だったら選ばないような仕事をやらせることだということをよく知っているのです。

あなたが〝自分に向いている職業〟を探すのは、自分ではまだ気づいていない自分の才能を開花させるチャンスを失うおそれがあります。

そんなことを考えるよりも、向いていなくてもいいからその会社の活動が自分をワクワクさせる。そんな会社を探してみたらどうでしょうか。

今日私が書いていることは前回の手紙で、あなたがすでに理解していることかもしれませんが、それをいっそう強固なものにするためにしつこいのを承知で別の例を挙げて念押ししたいと思います。

あなたは大海原へ出航しようとしています。

そして、あなたが選ぼうとしているのは会社という船です。

大きな船なら沈まなさそうだと思うでしょうし、小舟なら大海の荒波に飲み込まれそうな印象がありますよね。でも、実際には船の大きさと航海の危険性にそれほどの相関性はありません。

小舟は小さな波にさえも左右に揺られることになるでしょう。それでも船長の腕が確かなら、そう簡単に沈んだりはしません。

大切なのはどの船に乗るかではなく、その船がどういう目的で航海しているか、です。

それぞれの船には出航する目的があります。

自らの利益のことだけを考えて出航する船もあれば、世の中の多くの人のためになろうとする船もある。法を犯す海賊船まがいの船だって事実存在します。

あなたが重視しなければならないのはその会社という船の航海の目的が、乗組員であるあなたをワクワクさせるものかどうかです。何しろ航海には船の大小を問わず危険は伴うわけですから、「これをやるためなら命をかけられる」と思えるほど興味をそそられるものでなければいけません。

乗組員であるあなたに生きていくのに十分な糧が与えられたとしても、船の存在理由そのものが気に入らなければ、乗組員として能力を最大限に発揮することなどできるはずもありません。そういう人が成功の人生など送れるはずもないのです。

人生のスタート地点はそれぞれ違います。

でも、どこからスタートしても自分のめざすゴールにたどり着くことができるのです。

どんな船に乗ったとしても、航海を重ねるに従って、与えられる仕事の責任は重くなり、多くの人の命を預かるようになっていくでしょう。同じ船に乗り続け、その中で地位を上げていく生き方もあれば、途中で別の目的を持つ大きな船に乗り換えたり、自らが船をつくり、船長として活躍する生き方を選ぶことだってできます。

就職する先が〝制限された将来への入り口ではない〟ということ、そして〝自分に向いている職業〟を探しても見つからないということ。わかっていただけたでしょうか。

どのような業種のどんな規模の会社に入ったとしても、最終的に自分が思い描くゴールにたどり着く方法はあるんです。ですから今のあなたは、今の自分に向いていそうな職種を探すよりも、考えただけでワクワクするような目標を持った会社を探すことに専念したほうがいいと思うのです。

ここまで読んできたあなたは、

「やはり人生のゴールを持つことが大切なのか。早くそれを持たなきゃ……」

と感じたかもしれませんが、自分のめざすゴールがまだないからといってあせる必要はありません。

ゴールを決めることは大切だけれども、あせって無理に探そうとしなくてもいいんです。なぜならゴールを決めることよりも、もっと大切なことがあるからです。

そのことは多くの成功者の例からも明らかです。次回の手紙でその話をしようと思います。

どんな会社に就職したとしても、それは自分でつくり始める人生の入り口にすぎません。向いている職業を探すのはやめて、興味が持てる会社を探してみてください。

小舟の船長　『手紙屋』より

内定

人間の性格を理解するのが難しいのと同じように、会社の性格を理解するのは難しい。就職活動中の大学生はウソ偽りを述べているつもりはないにしても、自分という人間の持つ一面だけを見せることによって採用されようとする。見せている一面にウソはないが、それがすべてではない。

会社の側も同じだ。就職活動を通して見えてくる面はウソではないにしても、その会社のすべてではないだろう。

僕はそれぞれの会社の持つ性格を知ろうとするものの、今ひとつつかみきれないまま、ある会社から内定をもらった。

もらうまではとても大きなハードルのように感じていた内定も、もらえたときはあっさりしたものだった。何だか拍子抜けしたというのが実感だった。

喜びがないわけではなかったが、どちらかというと安堵に近いものだった。

ただ、この頃までには僕はあまりにも強く手紙屋の影響を受けていたので、内定をもらったことによる嬉しさよりも、内定をもらったことによる安堵感から自分を磨こうとしなくなるのではないかというおそれのほうが強かった。

せっかく自分の人生に真剣に向き合い始めて、行動することによる楽しさを感じることができたのだ。それを終わらせたくなかった。幸いなことに、手紙屋との文通はまだ続いていた。

僕は、手紙屋との約束である十通の手紙を受け取るまでは就職活動を続けることを心に決めた。何しろ就職活動という経験を通じて自分を磨くことのできる期間は、僕の人生で二度とはやってこないのだから。


八月のお盆を前に姉夫婦が、実家に帰るから一緒に車に乗っていかないかと誘ってきた。

「ドライバーは一人でも多いほうがいいから」

と喜太朗さんが誘ってくれたと、姉が電話で教えてくれた。

僕としても、帰省の旅費が節約できるのは願ったり叶ったりだったので快く受けた。

家を出たのが夜明け前だったのが幸いして、お盆の帰省時期にもかかわらず渋滞に引っかかることなく快適なドライブとなった。

夜が明け始めて背後が明るくなる頃、車はまだ神奈川と静岡の県境の山中を走っていたが、突如山間に現れた朝日に照らされた富士山の大きさに、運転していた僕は思わず感嘆の声を漏らした。

姉は後部座席で寝息を立てて寝ていた。助手席の喜太朗さんも寝ているものとばかり思っていたが、僕の声を聞いて
「すごく雄大だよね」

と声をかけてきてくれた。それをきっかけに僕らは話し始めた。


「そういえば、諒太君、内定もらったんだってね。おめでとう」

「ありがとうございます。でも、まだ就職活動は続けようと思っているんです。せっかくの機会だから納得いくまで自分を磨こうと思って」

「それはいいことだよ、本当に。こう言ったら失礼だけど、諒太君は思った以上にしっかりしているんだねぇ。僕はまた、内定を一つもらったから就職活動をやめるとばかり思っていたよ」

「僕も就職活動を始めたばかりの頃は一つ内定をもらったら終わりにするつもりでいたん

ですけど、ある人のおかげで考え方が変わったんです」

「ある人？」

「ええ、その人と出会って僕は人間的に成長できたというか、新しいことをドンドン学んでいるというか」

「へえ、そうなんだ。就職活動を通じて知り合った人？」

「いや、そういうわけじゃないんですけど……」

僕は一瞬ためらったが、今の自分に起こっていることを話してみようと思った。

「喜太朗さん、『手紙屋』って知ってます？」

喜太朗さんは、助手席の窓から外の景色を見たまま、大きく吸った息が止まるような音をたてた。

「……知ってるよ」

僕はその返事に本当に驚いた。

「喜太朗さん、手紙屋を知っているんですか？　手紙屋ってそんなに有名なんですか？」

「さあ、どうかな。有名かどうかはわからないけど、僕も使ったことがあるからね。そうか、君は今、手紙屋と文通をしているのか。それはいろいろ学ぶことがあるだろう。僕もそうだったからね」

「えっ、じゃあ、喜太朗さんは手紙屋に会ったことがあるんですか？」

喜太朗さんは笑いをこらえきれないといった表情で外を見ている。

「あるよ。もちろん」

「笑ってないで、どんな人か教えてくださいよ」

「それはできないよ。だって君は知らないんだろ？　ということは、手紙屋が君に教えていないんだよね。それを僕が教えるわけにはいかない」

「ずるいなぁ。ちょっとくらい教えてくださいよ。せめて何歳くらいの人か教えてくれてもいいじゃないですか？」

「ははは、ダメダメ。そのうち君も会えるだろうから、そのときまで楽しみにしておくんだね」

僕は質問を変えた。

「喜太朗さんはいつ手紙屋を利用したんですか？」

「そうだね、九年ほど前だったかな。僕の人生を変えるほど役に立ったからね。妹が大学受験のときにも利用してみればって紹介したほどだよ」

「当時から、その手紙に値すると自分が考えたものを成功したあとに返すって約束だったんですか？」

「オイオイ、僕からいろいろ聞き出そうって魂胆だね。すべては自分で確認することだよ。僕が教えてあげられるのはここまで」

それっきり喜太朗さんは何を聞いても「さあね」と答えるだけになってしまった。

それにしても、自分の身近な人が手紙屋を利用した経験があるということに、僕は驚いた。

喜太朗さんはどういうきっかけで手紙屋を知ったんだろう。

何を返したのだろう。いや、そもそも、もうすでに何かを返したのだろうか……。

僕の中にいろいろな疑問が渦巻いた。


「そういえば、この前会ったときに今の諒太君にぴったりの本を探しておくって約束をしたのを覚えているかい？」

「ええ、覚えてますよ」

「これをどうぞ」

喜太朗さんはプレゼント用に包装された一冊の本を運転中の僕に差し出した。

「向こうに着いたら、開けて読んでみなよ。ストーリー仕立てになっているけど、単なるお話ではなくて読む人が読みながら成長できるようになっているんだ。きっと今の君が読んだら、とてもたくさんのことが学べるいい本だと思うよ」


実家についた僕は一も二もなく、まずその包装を破った。

中から出てきた本に、僕は一瞬心臓が止まるほどの衝撃を受けた。

喜太朗さんがプレゼントしてくれた本には、著者〝鷲川泰生《ワシカワタイセイ》〟と書かれていたのだ。


書楽の玉座でよく見るあの人だ！


何だかいろんなものがいろんなところでつながっている不思議な縁に、僕は混乱した。

もしかして、あの人が……書楽でよく見かけるあの人が手紙屋？

一瞬あの人の姿を浮かべてみたが、そのイメージを振り払うように、僕は即座に首を横に振り、自分でそれを否定した。

あの人が手紙屋のはずはない。だって、手紙屋は手紙屋だけで生計を立てているって言っていた。それがウソにしても、作家なんて忙しそうな人が一人ひとりに対してこんな手紙を送るなんて……とてもできる仕事じゃない。

自分がやってみてわかったことだが、手紙屋が送ってくる手紙の量と同じだけ書こうと考えると、確かに他の仕事なんてできなくなるだろうと思えるほどの文章量なのだ。

そう考え始めると、一度は胸の奥にしまい込んでいた疑問が心の中の見えやすい場所に鎮座して動かなくなるのを感じた。

手紙屋って誰だ？　こんな職業を思いついて、しかもこんなすごい内容をいつも書いてくる。どんな人がこれをやろうと思うんだろう。

内定をもらった安心感からか、これ以降、僕は手紙屋の正体を考えながら手紙を書くようになっていった。

第三期　もっと高いところへ

すべての人はきっかけ一つで成功者の道を歩み始めることができる

ある本との出会い

喜太朗さんがくれた本は本当に素晴らしかった。素晴らしい本と出会うことによって人生が変わると言っていた喜太朗さんの数年前の言葉を、まさに実感できた瞬間だった。大学に入学する前、その言葉を喜太朗さんから聞いていたにもかかわらず、これまでの僕はお世辞にも読書に熱心とはいえなかった。

本なんか読まなくても生きていける。そう思っていたのだ。

ところが、この本を読んだあとの僕の考えは一変した。どうしてもっと早くこういう本を読もうとしなかったのだろうと、それまでの過ごし方を悔いた。確かに本を読まなくても人間として生存することはできる。でもそれはただ存在しているのであって、生きているのではないのだ。一人の少年がさまざまな経験を経て成長していく姿を描いたその作品から、僕はそれを学んだ。

自分のよく知るあの場所で、この作品が生み出されたのかと思うと、感慨もよりいっそう深いものに感じられた。

その夏は、とても暑い夏だった。

来年からはこんな夏休みをとることはきっとできなくなるだろう。大学一年の頃は実家に帰ってくるたびに高校時代の同級生と遊ぶのが楽しみでたまらなかったが、いつの間にか集まることもなくなっていた。知らないうちにみんな大人になって、それぞれの世界で生き始めていた。そして僕もそのスタートラインに立っている。読んだばかりの本と手紙屋からの手紙のおかげだろう、学生の象徴ともいえる長い夏休みがこれで終わるのを惜しむ気持ちよりも、新しい世界へ飛び込んでいくことのほうが楽しいことのように感じられた。それに気づいたとき、僕は自分がずいぶん成長したと感じた。

久々に再会した両親は共に変わったところがないように見えた。年に一、二度しか会わなくなると、会うたびに老けていないかどうか心配になる。

レストランの経営は相変わらず苦しいらしく、店をたたんで別の場所に小さな喫茶店を開くかもしれないという話をしてくれた。ただ、話の深刻さのわりに表情が明るいことに、僕は安心した。きっと僕が内定をもらったことで安心したのだろう。僕が自立さえすれば、両親の肩の荷はぐっと軽くなることは間違いない。

兄と会うのも久しぶりだったが、相変わらず無口で僕はほとんど言葉を交わさなかった。ただ、喜太朗さんはいつも孤独な兄を気遣ってか、よく話しかけている。兄はそれでもほとんど口を開かないのだが、笑顔を絶やさず、嬉しそうでもある。

「今度、東京に遊びに行くよ」

話の流れからか兄がそう言うのが聞こえた。喜太朗さんは喜び、

「ついに言いましたね。絶対そうしてくださいよ。大人の挨拶で終わらせちゃダメですよ。いつにしますか？」

と迫って、兄の苦笑を誘っていた。


この夏休み、僕はあることを決心した。

自分も将来、会社をつくってみようと思ったのだ。

どのような職種の会社をどうやってつくるかはもちろん決まっていなかったが、手紙屋からの手紙を何度も読み返しているうちに一度しかない人生だからこそ、自分はどこまでできるのかをトコトン試してみたくなったのだ。そして、いつかは多くの人に必要とされる法人を自分の力で誕生させてみたいと思うようになっていた。本当は昔からそういう願

望が自分の中にあったのだろう。ただ自分にもそういうことができるという自信を持てなかっただけなのかもしれない。その自信を持たせてくれたのが、手紙屋だった。

お盆を故郷で過ごした僕は、横浜に帰ってくるとすぐに書楽へと向かった。鷲川さんに会えるかもしれないと思ったからだ。会ってお礼を言いたい。あの本に出会って、本当によかった、とただそれだけを伝えたかった。

実はもう一つ、会いたい理由があった。

僕の中では鷲川さんが、手紙屋とイメージがぴったりと重なるのだ。そのことを確認したかったからだ。

この本の著者に会ったことがあるか聞いてみたとき、喜太朗さんは、

「あるわけないじゃないか」

と言って笑っていた。本当だろうか。それとも、とぼけているだけだろうか。

書楽には森さんがいた。

僕は以前、森さんに鷲川さんの本を読むよう勧められたのを思い出し、義兄の紹介でその本を読んだこと、そしてその内容に感動して今日会いに来たことを伝えた。

残念ながら、鷲川さんはその日書楽には来ていなかった。

彼が手紙屋かどうかは結局わからずじまいだった。


手紙屋が誰なのかを知るヒントがもう一つあることを、僕は覚えていた。

そう、書楽のアルバイトで、同じ大学に通う和花さんだ。

何しろ僕と手紙屋の出会いは、彼女によって仕組まれたものかもしれないのだ。仕組まれ方がやや大げさにしても、あの日、あの席を僕のために準備してくれたのは和花さんであることは間違いない。

次に会ったときに彼女に手紙屋のことを聞いてみよう。ずっとそう考えていたのだが、就職活動と手紙を書くことに忙殺されて書楽に来る機会が減り、結果として、初めて手紙屋を知った四月以来、和花さんに一度も会っていなかった。


僕は森さんに聞いてみた。

「そういえば、和花さんは来てないんですか？」

「ああ、彼女も今、就職活動中だからね。忙しいらしく、最近はあまりシフトに入ってないんだよ。何か用でも？」

森さんは、満面に意味ありげな笑みを浮かべた。

僕はあわてて、首を振った。

「いやいや、特に用ってわけじゃないんですけど。手紙屋のことを何か知ってるかなぁと思って……」

「ふうん。俺が何か聞いといてあげようか？」

森さんの表情から、意味ありげな笑みが消えず、むしろにやつきが増したように感じられたことが僕を頑なにした。

「いいです。今度会ったら自分で聞きますから」


結局その日は、鷲川さんにも、和花さんにも会えず、内定をもらったことだけを森さんに伝えて僕は家へと向かった。

途中、和花さんのことを思い出した。

彼女も就職活動中か……。

世の中で僕と同じように就職活動をしている人がたくさんいるということを、あらためて感じた。

下手をすると彼女とはもう二度と会えないのかもしれないと考えたりもした。

意地を張らずに、森さんから彼女に伝えてもらえばよかった。そうすれば、また会って手紙屋について聞くことができたかもしれないのに……。

高校を卒業して上京したときに経験した、あの別れの季節がまた近づいていることを感じた。

✣僕からの手紙（七通目）

こんにちは、手紙屋さん。

この夏、僕は新しい発見をしたんです。何と偶然にも、手紙屋さんをかつて利用したことがある人に会うことができたんです。それもごく身近な人でした。

手紙屋さんは、〝内田喜太朗〟という名前を覚えていますか？

僕の義兄です。今から約九年ほど前にお世話になったと言っていました。喜太朗さんから手紙屋さんのことをいろいろ教えてもらおうとしたんですが、ダメでした(笑)。仕方がないので、実際にお会いできる日までの楽しみにしておきます。

それからもう一つ、この夏、素晴らしい出会いがありました。

それはその義兄からもらった本との出会いです。

〝鷲川泰生〟という人の本です。手紙屋さんはご存じですよね？

僕は大きな衝撃を受けて、一冊の本との出会いが人生を変えることがあるんだということを初めて実感しました。これからも時間を見つけてはそういう素晴らしい本との出会いを求めていこうと思います。

さて、僕という種を伸ばす方法は、僕自身が知らなければならないし、知っているなら、自分の責任で育ててやらなければならないんですね。自分が平凡な人間で、取り立てて才能があるわけではないという発言は、才能は生まれつきのものだという考えから出てきたのかもしれません。僕はどこかで他の人の責任にしてきたことを反省しました。

自分の向いているものの中から仕事を探すというのは当たり前だと思っていました。でも、前回の手紙を読んでから、自分に向いているとか向いていないとかを考えず、企業の理念と社会に対して何をしようとしているのか、それが理想論でなく現実に活動しているのかを判断基準にして、会社に当たるようにしています。まあ、わかりやすくいえば勢いがあって、自分もその会社の一員になりたいなぁと思えるような雰囲気の会社です。

そして、その中の一社から実は内定をいただきました。

結構大きめの広告代理店です。営業として内定をいただいたんです。以前の僕なら、ここで就職活動をやめていたでしょう。とりあえず就職先が確保できて、それがまずまず大きめの会社で、ということになれば残りの学生生活をエンジョイしようとしたはずですが、今は全然違うことを考えているんです。

僕は、手紙屋さんとこうやって手紙のやりとりをするようになって、自分の将来の目標について考えるようになりました。初めのうちは漠然と〝今はこうやって雇ってくれる場所を探しているけど、将来僕は何をやっていたいんだろう？〟と考えていただけでした。そのうち、徐々に会社というものに対する価値観や、働くことに対する考え方が変わり、前回いただいたお手紙の内容などを受けて、自分が将来やってみたいことが見えてきたんです。

それは、

「自分も会社を経営してみたい」

という夢です。

僕もいつかは、法人という一人の人間を生み出す親になってみたい。そして多くの人から必要とされて幸せな人生を送らせてあげたいと、心から思うようになりました。

前回の手紙になぞらえると、会社という一つの船をつくり、その船長となって大海原を航海したいと思うようになったのです。その思いは日増しに強まる一方です。

　そんな気持ちでいる中、まだ就職が決まっていない友人に誘われて、就職セミナーに行ってきました。会場の大ホールの中にはそれぞれの企業がブースをつくっていて、すべてを見て回るだけでも疲れてしまうほどの規模だったのですが、参加している学生たちはまだ内定をもらっていない人がほとんどで時期が時期だけに、一人ひとりの目は真剣そのものでした。中には悲壮感すら漂う人も少なくありませんでした。

　有名企業のブースには、椅子が足りなくなるほど列をなして学生たちが集まるのですが、別の一角にある中小企業のコーナーにはひとけがなく、椅子がむなしく並べられたままで、説明を請う学生が来るのをひたすら待っている会社ばかりでした。


　僕はその中の一つの広告制作会社に何とはなしに惹かれました。

　それは僕がすでに広告代理店から内定をいただいているということもありましたが、社名が書いてある看板の横に、

『船出したばかりの小さな会社ですが、一緒に荒波を越えてくれる頼れるクルーを探しています』

　と、書いてあったのです。あの手紙をいただいたあとだけに、〝船出〟や〝クルー〟と

いう言葉に何となくシンクロニシティを感じて、話だけでもと思い、友人と一緒に説明を聞きました。

説明してくれた男性は二七歳と若い方でしたが、名刺には〝代表取締役社長〟と書かれていました。起業して二年しか経っていないらしく、社員獲得には社長自らが来て熱く思いを伝えるしかないとおっしゃってました。

社長さんの思い描く大きな目標と、まだまだ小さな船でしかないという現実の両方を誠実に説明してくれたあと、最後に、

「正直、安定しているとは言えないが、この会社に安定を求めてやってくる人ではなく、この会社に安定をもたらしに来てくれる人を探している。君にその気持ちがあるなら面接を受けに来てほしい」

と熱く手を握られてしまいました。

一緒に話を聞いていた友達は「夢だけじゃあねぇ」とそのブースから出るなり苦笑いでしたが、僕の中には抑えることができない熱いものがふつふつとわき上がってきていました。

この人は、僕の生きようとしている道の数歩先を行っている。

そう思うと、説明の間中、将来の自分を見ているような錯覚に陥ってしまったんです。僕には、小さな船をつくるだけの資金すらありませんし、それを与えられたとしても船長として船をどう操ればいいのかすらわかりませんから、いつか自分の船の船長として大海原に飛び出すとしても、それまでにさまざまな経験を積まなければならないのは間違いありません。そんな僕に、また新たな悩みが生じ始めました。

内定をいただいた企業は名前の知られた大きな会社ですから、いつか自分の船（つまり会社）をつくるときに必要な資金を用意するという意味では頼りになると思うんです。だけど、実際に僕が最初につくることができるのは小さな小さな船でしょう。であるなら、大きな船の中にいるより、そういった中小企業に就職して、小舟をいかにして荒波に飲まれないようにするのかという操船術を学んだほうがいいのかもしれないと思うようになったのです。

その若い社長さんのご厚意で、面接に来たければいつでもいいと言ってもらえたので、一度連絡をしてすぐにでもお会いしてみようかと思っています。なんだか「会社を起こす」

という具体的目標を持つことによって行動力に拍車がかかったような気がします。そうなると居ても立ってもいられず、一日も早く会社を起こすためにはということを考えて、自分を磨いていこうと張りきっています。

いずれにしても、内定を一つ手にしたことによって僕の就職活動は、今までとは別の段階に入ってきました。また、決まったことがあれば報告します。

西山諒太

❖七通目の手紙『急がば回れ』

お盆を過ぎたというのに厳しい残暑が続いていますが、朝晩が過ごしやすくなったことに秋の足音を感じるようになりました。

こんにちは、諒太君。

鷲川さんの作品は私も読んだことがあります。とても多くの教えをいただいたのを覚えています。確かに素晴らしい本との出会いは人生を変えてくれるほど大きな衝撃を与えてくれるものです。あなたがそのことに気づき、自分を磨こうとするのはとても素晴らしいことですからぜひ続けてください。

それから、お手紙の中に懐かしいお名前を見つけることができました。喜太朗君は諒太君の義理のお兄さんにあたるんですね。これも何かの縁なのでしょう。今まで以上に、あなたに対して親近感がわいてきました。

さて、内定おめでとうございます。でもそれよりもこの前のお手紙で私が嬉しく思ったのは、あなたが〝自分で会社を起こす〟という将来の目標を持ち、その目標を達成するために必要な経験として内定をもらったあとも就職活動を続けているということです。
もちろんあなたが今持っているのは漠然とした願望であって、将来起業するときの職業が広告関係かどうかすら自分でもわからないでしょう。しかし前回の手紙でもお伝えしたように、入り口はどこであれ自分が目標とする場所にたどり着くことはできるはずです。あなたが掲げた〝夢〟と私が説明している〝夢〟には未だにちょっとした違いがありそうなのは事実ですが、起業するということは、あなたが自分の内側から見つけ出した尊い目標であることに変わりはありません。これから実際に自分の会社を持てるようになるまでには、長い年月とさまざまな経験が必要になると思いますが、絶対にその目標を持ち続けて成長し、いつか必ず実現してくださいね。

さて、そこで今日は、人が夢や目標を持ったときに、それを実現する上で忘れてはいけない重要なことを説明し、私の考える〝夢〟をあなたに知ってもらおうと思います。

人が夢や目標を持つと、目の前には必ず壁が現れます。
その夢さえ持たなければ壁と感じることなく生きていられることが、いくつも自分の前に現れるんです。とりわけ大きな夢を描く人には大きな壁が現れます。人間は目の前に壁があると、どうしてもその壁を乗り越えることだけに意識を集中してしまいます。実は乗り越えることよりも、どう乗り越えようとしたかのほうがはるかに重要なのですが、視野が狭くなり、どんな方法であれ乗り越えさえすればいいというような気になってしまうのです。

若い人たちの多くが犯してしまう間違いを挙げてみましょう。

この手紙屋という仕事は、いろんな年齢層の方からお手紙をいただいて成り立っています。中には中高生もいます。過去にもたくさんの中高生が手紙屋を利用してくださいました。そしてそのほとんどの方から、「将来なりたいものがあるんだけど、どうやったらそれになれますか？」という質問をいただきました。

例えば、こんなふうに語る女子中学生がいるとしましょう。

「私は、英語の勉強が大好きです。ですから将来、英語を使った仕事に就きたいと考えています。翻訳とか、通訳とかそういう仕事です。フライト・アテンダントにも興味があります。どうしたらなることができますか？」

多くの人は、この女子中学生にこうアドバイスをします。

「本当にそうなりたければ、何はさておき英語を勉強しなさい！　英語だけは誰にも負けないくらい勉強しなさい。そうでなければ夢は叶えられませんよ」

この少女も、それが正しいと思い、時間を惜しんで英語を勉強するようになります。ところが残念ながら、この少女が本当に英語を使った職業に就く可能性はそれほど高くないでしょう。つまり、これだけでは夢を実現することはできないのです。

どうしてかわかりますか？

ヒントは実際にその仕事をしている人たちの中にあります。

この少女がアドバイスどおり、英語を誰にも負けないくらい勉強して、高校を卒業し、大学の英文科に進学したとしましょう。いよいよ、卒業が近づいて英語を使った仕事を探して、通訳を一人採用したいと考えている企業の面接に行ったとします。そこに十人の志望者が集まったとしたら、倍率は十倍ということになります。どうやって企業は一人を決めると思いますか？

〝英語力〟でしょうか。

きっとそうではありません。なぜなら、そこに集まっている十人はみんな優劣がつけられないほど英語ができる人でしょうから。その企業の面接を受ける際、〝英語力〟は決め手ではなく、必要条件でしかないのです。その条件を満たしていない人は面接を受ける資格がない。そういうものでしかありません。中学から高校、大学とその必要条件を満たすために他のものを捨ててでも努力をしてきたとしたら、自分のなりたいものになるのは、実は困難なのです。

先ほどのアドバイスは絶対に満たさなければならない必要条件を教えただけであって、そうすれば必ずなることができるという十分条件ではないのです。


例えば、もしこの女子中学生が中学、高校、大学と英語同様に数学や日本史に力を入れて勉強してきたとしたらどうでしょうか。

通訳は難しいかもしれませんが、英文で書かれた数学書の翻訳をする仕事に就く可能性はグンと高くなります。英語を日本語にする能力があっても、同時に数学を解する力がなければこの種の仕事はできませんし、これらの能力を同時に持ち合わせている人というのは世の中にそう多くはないのです。また、日本史に精通していれば、日本文化を海外の人たちに紹介する仕事を得る可能性だって広がります。

先ほど〝ヒントは実際にその仕事をしている人たちの中にある〟と言いました。日本で活躍している、外国人通訳者を思い出してください。彼らの日本語はどうでしょうか。そう、必ずしも上手ではないですよね。きっと日本語の能力だけでいえば、彼らよりも上手な人はたくさんいるんじゃないでしょうか。ところが彼らがその仕事を続けていられるのは、その分野における豊富な専門知識があるからなのです。

就くのが困難な職業に限った話ではありません。あらゆる職業に対して同じことがいえます。

もう一つ、別の例を挙げましょう。

僕が手紙屋としてある女子高校生に「勉強は大変ですか？」という手紙を書いたときのことです。

その高校生から来たお返事はこうでした。

『私の周りは受験勉強で忙しい人が多いのですが、私はそうでもありません。私は昔から保育士になるのが夢でした。保育士は短大や専門学校卒でもなれるので、大学受験をする人ほど勉強しなくても大丈夫なんですよ……』

実際に保育士としてお仕事をされている方が聞いたら、きっと憤慨されるだろう返答です。

私はその方面のことに詳しくないので、事実関係はわかりません。しかし、もし本当にその女子高生が言うように、それほど勉強しなくてもなれるものだとしても、大切なのは保育士になることではなく、〝どんな保育士になるか〟ということのはずです。

私はこの手紙の始めにこう書きました。

『人間は目の前に壁があると、どうしてもその壁を乗り越えることだけに意識を集中してしまいます。実は乗り越えることよりも、どう乗り越えようとしたかのほうがはるかに重要なのですが、視野が狭くなり、どんな方法であれ乗り越えさえすればいいというような気になってしまうのです』

本当に彼女が保育士という仕事に憧れを抱き、夢を持って生きてきたのなら、どうやったらなれるのかという必要条件だけを満たそうとするのではなく、少しでも素晴らしい保育士になれるよう、さまざまな経験をしたり、必要条件を満たす以上の勉強をしたりするはずです。

少なくとも子供を預ける親の立場からすれば、〝保育士さんはそうあってほしい〟と願うであろうことは、考えればわかるはずですから。このように、実際にその仕事を始めてプライドを持ってやっている自分の姿を想像して、どういう人にその職業に就いてもらいたいと思うのかを考えることが重要です。

ある一つの職業を将来の目標と定めるとき、多くの人は何が最短ルートなのだろうと考えがちです。そしてその最短ルートに向かっていくのが、最良の方法だと思っています。でもそれは、必ずしも最良のルートではないのです。もしくは、実際にその職業に就きやすいルートだったとしても、その道で成功するためのルートではないのです。

ご存じのとおり、会計士や経営コンサルタントとして成功している人は、高校選びの際に商業科に進んだ人よりも、普通科の高校から大学に行き、その後、海外などで本格的に経営学などを勉強した人たちに圧倒的に多いのです。

私は、「英語を使った職業に就きたい」と言った女子中学生に、こんな返事を書きました。

『あなたが、本当に英語を使った職業に就きたいと考えているなら、きっとどれだけ英語を勉強しなければいけないか、何となくわかると思います。その道のりが大変そうだということも。その英語に対する情熱と同じくらい情熱を持って、今、目の前にあるものに全力を注いでください。それが数学の宿題であれ、日本史のテスト勉強であれ、ピアノの練習であれ、ときには友達とのカラオケであっても、とにかく目の前に現れるものすべてに全力でぶつかってください。それらすべてが魅力になって、あなたの夢を実現する手助けをしてくれるはずですから。間違っても自分の都合で〝英語を必死でやりたいから数学は捨てる〟なんてことはしないことです。あなたの目の前にあるものは、将来絶対に必要だからこそやってきた神様の贈り物だと思って大切にしましょう』

保育士になりたいと言った高校生にどんな返事を書いたかはご想像にお任せしますが、彼女は今、立派な保育士になって活躍しています。

自分の夢を実現するためには、

『しっかりしたゴールを持ち、常にそのゴールを忘れない』
ことが大事だとよく言われます。しかし、素晴らしい成功の人生を送るためにはそれ以上に大切なことがあるのです。それは――

『今、目の前にあるものに全力を注いで生きる』

ことです。
このことを忘れてはいけません。

目の前に現れる壁は、一見あなたにとって必要なさそうなものに見えても、自分が進もうとする人生にどうしても必要だから現れるのです。例えば、受験を控えて英語の勉強が大きな壁となって苦しんでいる高校生はたくさんいます。でも、その壁で苦しむ理由は、本人が大学進学という道を選んだからであり、大学進学をまったく考えていない人にとって、英語学習は壁でも何でもなく、やり過ごせばいいものでしかありません。
英語学習に限らず、人間が壁と感じるものはすべて同じです。自分がどういう生き方をするかを決める。それに応じてまったく同じ出来事が壁にもなり、何の障害でもない暖簾《のれん》のようなものにもなる。場合によっては、楽しみにだってなる。

目標を持つから壁が現れるのです。

壁はその人がよりよく生きていこうと考えるときに必ず現れるものです。そういった意味では、壁は自分が頑張って生きていこうとしている証として誇り、歓迎していいものなんです。

このように、人生におけるあらゆる壁は、あなたが決める生き方に応じて目の前にやってきます。

だから、目の前にやってくるものを、取捨選択しないことです。「これはいる、これはいらない」と、そのときの自分で判断していると、後悔するばかりでなく、自分の持っている秘めた可能性を開花させることはいつまで経ってもできなくなります。


さて、諒太君。あなたの話に戻ります。

あなたは将来自分で会社を起こしたいという目標を持っていますが、まだ具体的にどのような職種の会社をどうやって経営していこうかということが決まっていません。そうなると、何はさておき、起業をするための最短ルートを探してしまいがちです。こっちに行けば目標を達成するのが早まりそうだと、夢の実現に対して脇目も振らず直線距離で進もうとしてしまうものです。しかし、人生において自分では意味がないと思っていたことが、とても重要な意味を持っていたなんてことは何度もあります。

一日も早く起業を実現するために……と、あまりあせらなくてもいいと思うんです。

それよりも重要なのは、

『目の前にあるものに全力を注いで生きること』

このことは今日、今この瞬間からでもできます。

たとえ初めは具体的目標を持っていなくとも、目の前にあるものに全力を注いで生きているうちに、自然と自分の進むべき道が開けてきてうまくいったという成功者は数多くいます。おそらく、初めに大きな目標を掲げて成し遂げたという成功者よりも、その数は圧倒的に多いのではないでしょうか。誰もが知っている有名な人物であれば、豊臣秀吉などもそのタイプでしょう。彼は初めから天下人になろうとしていたわけではありません。そのときそのときを命がけで、自分にできることを続けた結果、ふと気づくと天下人になることができる場所まで来ていたのです。

〝目の前にあるものに全力を注いで生きる〟ことは、何よりも大切な成功法則といえるでしょう。

つまりは、この生き方をするだけで、どこで何をしていてもあなたの成功は約束されているということなんです。あなたが内定をもらった会社に就職したとしても、お手紙で教えてくれた小さな会社に就職したとしてもその事実は変わりません。

私はあなたの掲げた夢と、私の考える夢にはちょっとした違いがあると言いました。

そして就職とは、これから人生という大海原に船出するときに、どの船に乗り、その船の中でどういう役割を果たそうとするかだというたとえ話をしましたね。大きな船が必ずしも安全で、小さな舟が必ずしも不安定だとはいえないということも。

あなたは人生の一つの目標として〝自分の船を自らつくり、それを大海原で自在に操ること〟を掲げましたね。この目標は素晴らしく、あなたに実現してもらいたいと私は心から思います。人生という大海原に漕ぎ出すときに、

「どんな船に乗るか」

ということを考えているという点では、船が大きいほうがいいか、小さいほうがいいか

を考えているのとそれほど変わらないのです。つまり、これから出て行く人生という大海原を〝誰がつくった船で渡っていこうと考えているか〟でしかないのです。

でも、それよりももっと大事なことがあるのです。

もうおわかりでしょう。

その船が誰のものであるか、自分が船長か船員か、船は大きいか小さいかなんて、実はどうでもいいんです。

大事なのは、その船が何を目的として航海をするか、なのです。

私はそれこそが〝人生の目的〟であり、それが達成されることが〝夢の実現〟であると考えています。

人生を通じての自分の目標をしっかり持つことです。それを持ったときから自分の人生が始まります。そして、それさえあれば、その目標のために〝今日を生きる〟という確固たる生き方ができるようになります。その目標を達成するために乗る船が、大きいか小さいか、その船が自分でつくったものか他人がつくったものかということにのみ固執して、大海原に目標もなく漂うことは成功の人生とはいえないのです。

あなたはこれから先の人生を何をすることに捧げますか？

目標を持つ人は、中学・高校という若い頃からすでに自分の人生を始めているといえるし、それを持たない人は、会社員として何十年と働いてきた人であっても自分の人生を始めているとはいえないのです。

あなたがつくろうと思っている会社を使って、あなたは何をしようと考えているのですか？

最短ルートや具体的手段に惑わされないで、本当の夢、目的を見つめてみてください。

そのときが、あなたの人生の始まりなのです。

寄り道好きな『手紙屋』より

素晴らしい人生を送るために必要なこと。

それは——

『今、目の前にあるものに全力を注いで生きる』こと。

人生という大海原に漕ぎ出すときに、
その船が誰のものであるか、
自分が船長か船員か、
船は大きいか小さいかなんて、
実はどうでもいい。
大事なのは、
その船が何を目的として航海をするか、だ。

人生の目標を持ったときから、

あなたの人生が始まる。

目標をしっかりと持てば、

“今日を生きる”という確固たる生き方ができる。

✣僕からの手紙（八通目）

こんにちは、手紙屋さん。

手紙屋さんと文通を始めてから、僕は仕事に対する意識が本当に変わってきました。就職活動を始める前は、朝から夜まで毎日、しかも何十年間も自分に働くことなんてできるだろうかと子供のように不安を抱えていました。でも、仕事について考えれば考えるほど、将来について考えれば考えるほど一日も早く社会に出て自分の人生を始めたいと思うようになってきたんです。自分でも成長したなぁって実感することができます。

そして、就職について、あるいは起業について考えれば考えるほど、その考える姿勢が真剣であればあるほど、ある一つの問いにぶつかるのだということもわかりました。僕はそのことを七通目のお手紙で再認識しました。

その問いとは、

「なぜ働くのか？」

です。

僕はこの問いにぶつかるたびに、それは実際に働いていくうちに見えてくるだろうと思って意図的に脇に置いてきたような気がします。でも、やはり考えなければならないんですよね。

数ヶ月前の僕なら、この問いに対して明確な答えを持つことはできなかったと思います。でも今は、結構あっさりと答えを出すことができました。僕が、自分の会社を持ちたいと強く思うようになったのは、手紙屋さんからいただいた五通目のお手紙がきっかけとなっているからですが、その中で手紙屋さんはこう説明してくれました。

『幸せで長生きする法人とは、その活動を世の中の多くの人から長期間にわたって必要とされ続ける法人だ』

この内容は、それまで会社の存在理由なんて考えたことがなかった僕にとって大きな衝撃でした。でも確かに、その活動によって多くの人から必要とされ、長い期間にわたってたくさんの人を幸せにすることができる法人しか生き残ることはできないようです。つまり、会社の存在理由は〝多くの人をその活動で幸せにしたい〟というものでなければならないということになります。

今はこのことをすごく自然に納得できます。きっと手紙屋さんの説明がとても上手だったので、一見偽善的で素直でない僕も、普段なら「そんな理想論では現実は生きていけないよ」とはねつけてしまうような内容も納得してしまったんだと思います。

それまで僕は、どうやったら儲かるかを考えるのがビジネスであり、絶えずそれを考え、実行しているのが会社であり、そこで働くことになる僕も、どうやったらたくさんの給料がもらえていい暮らしができるかを考えるのが当たり前であり、「世のため、人のため」という考え方は使い古された偽善的な建前のような気がしていたんです。


でも、そうじゃないということがわかりました。

「会社という法人を世に生み出して、世の中の多くの人たちを幸せにする。そして多くの人から必要とされる法人へと成長させる」

それこそがビジネスなんだとわかったとき、会社を起こすということがとても素晴らしいことのように思えるようになったのです。

ビジネスの世界はなんだか油断のならない、食うか食われるかの世界だから、金儲けのためには手段を選ばず、リスクを覚悟で挑戦していかなければならない。そんなイメージが間違いだったと気づいたとき、ビジネスでお金をたくさん儲けるのはとても素晴らしいことなんじゃないかという気持ちになってきたんです。何しろその会社が儲かるということは、社会の多くの人から必要とされているということですから。

僕はこの考え方を持ったときから、会社員になること自体も楽しみになり始めました。

僕が働く目的は決まっています。

多くの人たちを幸せにするために働きます。

多くの人たちから必要とされる会社をつくるために働きます。

誰かがつくった会社の一員として働く場合も、自分がつくった会社を経営する場合も変わりません。

僕の航海の目的は、一人でも多くの人を幸せにすることです。

こんな理想論を、現実論としてまじめに語る人間になるとは思ってもみませんでした。

正直、そのことに一番驚いているのは自分自身です。でも、これは今の僕の本心です。

これから実際に社会に出て会社員として働き始めると、日々の業務の忙しさや、周りにいる人たちの影響で今の気持ちを忘れて、自分が儲かる方法、自分の会社が儲かる方法だけを考えてしまうときが来るかもしれませんが、そのときにはきっと失敗という手痛いしっぺ返しが来て僕の目を覚まさせてくれるんじゃないかと思うんです。何しろ、自分の利益ばかりを考える人間と、友達になろうという人はいませんからね。

現状として、何かのスキルや取り柄があるわけでもなく、自分の夢に共感して一緒に動いてくれる仲間がいるわけでもない、平凡な一人の若者が述べるには「世の中の多くの人たちを幸せにする」というのは、社会に出たことがないからこそ言える、怖いもの知らずな発言なのかもしれません。でも手紙屋さんが言ってくれたように、僕という種を育てるいい方法を必ず見つけられることを信じて、できるところまで頑張ってみようと思います。

手紙屋さんはそんな僕を応援してくれますよね？

西山諒太

❖八通目の手紙『あなたの成功は世界を変える』

気持ちのよい秋晴れが続き、吹く風が夏のものとは違ってさわやかに感じられるようになりました。

こんにちは、諒太君。

私も幼い頃、朝から夜遅くまで働き、週に一度の休みもほとんど仕事に費やしていた両親の背中を見て、〝どうして両親はあんなことができるんだろう？　大人になったら自分にもできるのかなあ？〟と疑問に思っていました。目の前にある勉強からでさえ逃げたいと考えているのに、一生続けなければいけない仕事なんてとてもじゃないけれど自分には無理だと思っていたんです。

でも、いつしかその謎は解けました。

大人にとっては、そのときしんどいという肉体的苦痛よりも、将来どうなるかわからないという精神的苦痛のほうが耐えられないものだからでしょう。その日一日を必死で働けば肉体的には疲労しますが、精神的にはやれることはやったという充実感を得られます。そういう毎日を送るほうが、実は楽なのでしょう。

あなたの場合はそういう消極的理由によって、働くことに対する意欲を持っているわけではなく、仕事に対する情熱に燃えているんですね。そのことがよくわかるお手紙でした。

私はあなたに謝らなければなりませんね。前回の手紙で、あなたの夢と私の夢にはちょっとした違いがあると書いたのはどうやら私の間違いでした。あなたは私が想像した以上に、急速に成長し、高い理想を持って「自分の会社を持ちたい」と考えていたんですね。とても素晴らしいと思いました。と同時に、あなたを子供扱いして失礼なことを書いてしまったと反省しています。

もちろん私はあなたの成功を、夢の実現を心から応援したいと思います。

私は、一個人であれ、一法人であれ、働く〝人〟はみなできるだけ多くの報酬を得るよう努力すべきだと思っています。

ただ、それは多くの人から必要とされるようになれば結果的に自然とそうなるからであって、多くの報酬を得ることを第一目的として達成するべきものではありません。あなたがそのことを理解し、一個人として生きるときも、そして会社をつくったときにも、一人でも多くの人から必要とされるのを目標にすることは、何よりも重要だと思うんです。

そして、それを忘れずに行動する限り、結果としてあなたの受け取る報酬は大きくなり続けることでしょう。

ビジネスとは多くの人から必要とされて、たくさんの報酬をもらえる人になること。あなたの出した一つの結論は、私の持っている認識と同じでした。

遠慮なく、たくさんの報酬をもらえる人へと成長していってください。

さて、あなたは何のために働くのかという一つの問いに対し、明確な回答を持つに至りました。そうなると、あとはその目的を達成するための具体的方法と、その夢の大きさが問題になります。

まず具体的方法について述べましょう。社会への最初の入り口として、あなたが今興味を持っているのは広告関係の仕事です。広告というのは世の中の人が何を考えているのかを知るのによい媒体ですから、やりがいのある、学ぶべきことの多い仕事でしょう。ただ、以前にもお話ししたようにどのような業種であれ、あなたはそこから必要なことを学ぶことができます。たとえ最初に入った会社とは何の関係もない業種で起業することになったとしても、そこに至る道にはその起業を成功へと導いてくれるたくさんの経験がつまっているというのは、以前にもお手紙で説明したとおりです。回り道も悪くないのです。

ただ、もう一つの問題点、つまり、夢の大きさを考えるときには注意が必要です。

なぜならほとんどの人は、自分の能力を過小評価してしまいがちだからです。


というわけで、今日はあなたが達成しようと思っている夢を考えるときに忘れてはいけないことをお伝えしようと思います。

それは自分のやりたいことが、一見、世の中の誰も実現できそうにないことであっても、絶対に、「これは無理だから……」と自分の中から切り捨てないことです。


あなたは〝多くの人から必要とされる会社をつくる〟という目標を掲げるときに、〝多くの〟という言葉でその夢の規模をちょっと曖昧にしています。〝多くの〟というのはどのくらいの人を考えていますか？

百人ですか？　一万人？　百万人？　この国すべての人たち？

それとも全世界の人たちですか？

もちろんできるだけ多いに越したことはないでしょうが、どのくらい多くの人からどの程度必要とされようとしているのかによって当然、越えなければならない壁の大きさや数は変わってきます。そして、その壁が大きくてたまらないように感じると、自分には無理そうだ……と勝負を避けるように別の方法を探してしまうのです。

でも、忘れないでください。どんなに大きな壁であっても乗り越えられないものはありません。一見無理なように感じても、自分から切り捨てたり、途中であきらめたりしない限りは乗り越えられるものなのです。別の言い方をすると、乗り越えられる壁しかあなたの前には現れてこないのです。

人間は一人ひとり考え方が違います。ということは、当然思い描く将来の夢も違います。ある人が思い描く夢が他の誰とも違うのは、その人にしか実現できない夢だからなのです。同じように、あなたが思い描く夢を実現できるのはそれを考えたあなたしかいません。あなたにはそれを実現する力があるからこそ、その夢を持つことができたのです。

大人は若い人たちに「大きな夢を持ちなさい」とよく言います。

若い人たちは、言葉どおり自らの人生の中で何度か大きな夢を持とうとします。そして、大部分は失敗します。そのうち「大きな夢を持っている」と公言するのを恐れるようになります。失敗して他人から嘲笑されることを恐れるから、自分でも成功する自信をなくすから、と理由はさまざまです。でもそれは、大きな夢を持つときに必要な覚悟が初めから欠如しているからだと私は思うんです。

大きな夢を持つということは、大きな壁を乗り越えなければいけないことと同義です。

誰よりも大きな夢を持つ人は、誰よりも大きな壁を何度も何度も乗り越えなければそこに到達することはできません。ところが、「大きな夢を持て！」と言われた若者は、「ハイ、そうですか」と言われたとおりに夢だけを持つ。けれども、夢を持った瞬間に現れる大きな壁を越える覚悟はできていないんです。

わたしは、若い人たちに「できるだけ大きな壁を、たくさん越える生き方をしなさい」と言ってあげたほうがいいと思うんです。

あなたは大きな夢を持っています。自分で会社を起こして多くの人を幸せにするという夢です。

どのくらい多くの人を、どの程度幸せにしようと考えるかによって、あなたの越えなければいけない壁の大きさは変わってきます。
あなたは、今の自分の能力やこれまでの経験から、偉そうなことを言ってはみたけれど、はたして自分にどこまでできるだろうと不安になっているかもしれません。その不安がお手紙の最後に表れていました。

〝手紙屋さんはそんな僕を応援してくれますよね？〟の一言に。

確かに自信をなくしてくじけそうなとき、もうダメかなと思ったとき、心から応援してくれる人の存在は力を与えてくれます。
もちろん私はいつでも心からあなたの成功を応援していますが、私と同じように、いや、きっとそれ以上にあなたの成功を心から応援してやまない人がいるんです。その人のことをあなたは知っていますか？　あなたにその人たちの声が届けば、きっと勇気百倍ですよね。

あなたは〝多くの〟という言葉でその壁の大きさを曖昧にしていると私は指摘しました。そこで実際にその数を決めてみましょう。

三百人の人たちを幸せにする仕事があなたの目標だとしましょう。そうすると、今の時点では〇人、要は誰も幸せにすることができないわけですから三百人という目標はそのままあなたにとって一つの壁になります。では、いろんな経験をして試行錯誤の後、ようやくその壁を越える日がやってきたとしましょう。その壁を越えた瞬間は、別の言葉で説明するとどんな瞬間と言えるでしょうか。

そう、

〝三百人の人たちがあなたによって幸せになった瞬間〟

です。

なんだか当たり前の説明ですが、これはとても重要なことです。

だって、その壁を越えれば三百人の人たちが幸せになるということがわかっているわけですから。ということは逆に、あなたがその壁を越えなければ、その三百人は〝あなたが努力によって壁を越えさえすれば手に入れられる幸せを手にすることができない〟ということになります。

あなたの応援団はこの三百人です。あなたは壁の向こうで鳴り物を鳴らし、声を合わせてあなたにエールを送り続けている声を聞くことができません。壁に押し戻されてこちら側までは届いてこないのです。でも、感じることはできます。あなたの成功は、成功したあとに出会うたくさんの人たちによって心待ちにされているのです。

そう考えると、あなたの考える〝多くの〟という概念が〝十万人〟だった場合はどうでしょうか。もちろん、壁はさっきとは比べものにならないほど大きいものです。しかし、壁の向こうには十万人の大応援団がいるのがわかるでしょう。

その声援を感じてください。彼らは架空の存在ではないのです。越えたときには、必ず実際に出会うことのできる大応援団なのです。

あなたの描く夢が大きければ大きいほど、現れる壁は大きく、乗り越えるのが困難なものになります。

これは事実です。

でも、壁が高くなればなるほど、あなたを応援する応援団は多くなります。

これもまた、事実なんです。

あなたは成功するために生まれてきたんです。自分らしい、自分にしかできない大きな夢を実現するために生きているんです。

どんなに大きな、実現が難しそうな夢であっても、あなたがその目標に向けて努力をし、前進を続ける限り、それは絶対にたどり着ける場所なんです。

遠慮はいりません。何でも思いのままですから、自信と勇気を持って今すぐその夢に向かって行動を開始してください。

その勇気が持てないときには、あなたが描く成功が手に入ったときのことを想像してみてください。あなたの成功によってこの日本が、いや世界が変わるのです。

大げさだと思いますか？　いいえ、大げさではなく、事実なんです。

あなたの起こした会社が大企業に発展したとしましょう。あなたは多くの人たちから製品を買ってもらえたり、使ってもらえたりすることになります。企業が成長するということは、その企業の製品やサービスを使って生きる人が増えるということ。

つまり、あなたの夢が実現するということは、将来の日本中の、もしくは世界中の消費者たちにとって、あなたの会社から生み出された製品やサービスがかけがえのないものになるということなのです。

別の言い方をすれば、あなたの夢が実現した世界では、あなたは世の中の多くの人たちから必要とされ、期待され、その人たちの幸せな生活にとってなくてはならないものを生み出す貴重な存在として生きていることになります。

ほらね、あなたの成功によって世界は変わることに気がつきましたか？ 何しろ、あなたが成功できなかった世界では、それらすべてはこの世に存在しないわけですから。

あなたには好きな歌がありますか？

世の中にはとても素敵な歌がたくさんあります。中でも人生の特定のタイミングで、自分の経験とちょうど相まって聞くと思わず涙を流してしまうほど素敵な歌と出会うことがあります。素晴らしい歌は世の中の多くの人の心をつかみ、多くの人の心の支えとなり、生きる力となります。その歌と出会えたことに心から感謝したくなります。

でも、その歌と私たちが出会うことができたのは、その歌を生み出した人が私たちとその歌が出会う日まで夢をあきらめずに、自分の人生を生きてきたからに他なりません。途中のどこかで行動する勇気をなくしてしまっては、その歌が世に出ることはなかったのです。この歌手の成功は世の中の多くの人から期待され、応援され、待ち望まれているということがわかるはずです。

まだ何も手に入れていないあなたは、行動を始めるときに勇気を持つのが難しいかもしれません。でも、あなたにはたくさんの応援団がついているのを忘れないでください。それは、あなたが成功したときにあなたと関わって生きている、全世界の何千万、何億という人たちです。未来の彼らはあなたの成功を心待ちにしています。今日一日の勇気ある前進によって、あなたが成功に一歩近づくことを心から喜んでくれます。

さあ、あなたは何をして将来の多くの人たちを幸せにしますか？
あなたの活躍で世界をどう変えますか？

諒太応援団の一人『手紙屋』より

月光

読み終わった僕は手紙を閉じ、ベッドに横になった。

開け放した窓には、雲一つない夜空に光り輝く満月が浮かび、あらゆるものに濃い紫色の影をつくっていた。

手紙屋からの手紙は、読むたびに僕の人生に新しい視点を与えてくれる。

このときもそうだった。

僕は一人、部屋の中にいながら、たくさんの人の応援を受けているような感覚に陥った。

手紙屋の言葉に感化されて、

「まだ見ぬその人たちのために、僕は自分を磨き続けよう。自分の人生を捧げよう」

そう心に決めた。

その瞬間、僕の中で成功の人生は、希望ではなく確信に変わった。

まだ何も始まっていない、就職先すら決まっていない状態なのに、自分の人生の成功を確信することができたのだ。

不思議な感覚だった。

もう一つ、これも不思議な感覚だったが、

「手紙屋は僕の身近にいそうだ」

ということを強く感じた。

なぜだかわからない。喜太朗さんがかつて手紙屋を利用したことがあると知って以来、手紙屋は案外近くにいるのかもしれないと感じるようになったからかもしれないが、手紙の締めの部分を見て、そんな気がした。


〝諒太応援団の一人〟


僕のことを知らない人間がこんな書き方をするだろうか？

僕は、喜太朗さんを中心にして、自分の周りにいる人を思い浮かべた。喜太朗さんはとりわけ怪しい。何しろ彼は、手紙屋を知っていると宣言しているのだ。彼を中心に考えてみると、僕が手紙屋と出会ったのは偶然というよりも、何かしらの必然だと考えたほうが自然なのだ。

僕が想像した人の中には、書楽のオーナー、森さんもいた。ひょっとすると……と疑ったりしてみたが、あり得ないだろうとも思った。

誰なのか特定はできなかったが、自分の知っている人だとしたら何だかちょっとしゃくに障る。何食わぬ顔をして人の成長を眺めているんだから。

そんなことを考えつつ、もう一度手紙を開いて最後の部分を読み直した。

明かりをつけなくても、こうこうと輝く満月のおかげで十分に文字を読むことができる。

ところが今度は、さっきのような感覚を得られなかった。

手紙屋が赤の他人であっても〝諒太応援団〟という書き方をするだろうと思えたのだ。

それにしても、どうしてさっきは、手紙屋は身近にいそうだと思えたのだろうか。

昼間のように明るい月明かりのせいかもしれないなどと、迷信めいたことを考えながら僕は眠ってしまった。

✣僕からの手紙（九通目）

こんにちは、手紙屋さん。

手紙屋さんのお話は独特です。僕が考えもしなかった視点から人生というものを見ているんですね。とても驚かされます。でも、不思議と心から納得できるお話なんですよね。

たくさんの応援団がついているなんて考えもしなかったんですが、お手紙を何度も読み返すうちに、いくつもの壁を乗りこえて、その人たちと出会いたいと思い始めました。そう心が決まると不思議なもので、大応援団のエールや鳴り物が聞こえてくるようです。

人は一人でいても、壁を乗り越えようと頑張っているときは一人じゃないんですね。

成功するためには、孤独と戦いながらいくつもの壁を乗り越えなければならないんだろうと漠然と思っていた自分がいたのですが、その考え方すら違っていたことがわかりました。たくさんの壁は、壁の向こうにいて乗り越えたら出会うことができる人たちだけでなく、壁のこちら側でその壁を乗り越えるのを応援してくれている人も含めて、いろんな人の応援という力を借りて乗り越えていくものなんですね。

何だか、今までにないほど勇気と力がわいてきました。どんな壁でも乗り越えていけそうです。何しろ、僕には何千万人の大応援団がついているんですからね。


就職活動は佳境に入ってきています。

以前、手紙に書いた小さな会社の社長さんとお話をしてきました。初任給は僕がすでに内定をもらっている大手の会社よりも二万円ほども少なく、福利厚生も充実しているわけでもないし、休日も返上して働かなければいけないときもあるけれども、それでもよければぜひ来て仲間になってほしいとのことでした。

ただの小さな会社ならこれほどまでに気にはしなかったのですが、社長さんと初めてお会いしたときの印象と(エネルギーの固まりのような人だと思いました)、こんな会社をつくりたいという、彼の理念の熱さが気になっていたんです。先日、社長を含めて六人しか社員がいないその会社におじゃましたとき、一番若い社員の方が僕にこう言いました。

「この会社の人たちはすごいよ。きっと他のどんな会社に行っても、ここよりいい職場環境はないと思う。だってみんな、自分以外の人たちを何とか幸せにしようと思って働いているんだよ。社長は社員全員の幸せのために働いているし、一人ひとりの社員は残りの五人の幸せのために働いているんだ。それが建前ではなくて本当に実現できている環境だよ。

俺もここに入社して一年になるけど、本当に毎日幸せだよ。仕事をすることが幸せなことだって教えてくれたのは、ここの人たちなんだ」

その人は、ほとんど毎日休まず働いているそうです。社長さんはこう言っていました。
「休めって言っても、家で仕事してるんだよね、あいつは。そういうやつのためにも早く会社を成長させたいと思っているんだ！」

僕はその社長さんから、
「初めて会ったときから、君は素晴らしい人だと思っているんだ。もし君がうちで働いてくれるのなら大歓迎だよ。君が我が社を大きくしてくれる人材だということがよくわかる。ただし、君自身の将来のことだからよく考えて自分で決めて、それでも私たちと一緒に働きたいと思ったらぜひ来てほしい」

という内定の口約束のようなものを取りつけて帰ってきました。

帰る途中に何度もその会社のことを思い出し、「ああいう環境で働くことができたら幸せだろうなあ」と考えていました。何だか、まんまと先に『称号』を与えられてしまったようです。完全にその気になっています(笑)。

結局どうするのかは、僕の中である程度固まりつつありますが、ちゃんと決まったら手紙屋さんにも報告しますね。そうですね、きっと次の手紙では報告できると思います。いや、絶対しなきゃいけませんね。だって、考えてみたら次が十通目、つまり約束した最後の手紙になるんですから。

さて、どこに就職することになったとしても、それはあと半年も先の話です。

手紙屋さんは、七通目のお手紙で、自らの人生の目標を持ったときからその人の人生の航海は始まっていると言いました。僕は自分の人生の目標を持ったと思っています。

ということは、僕の人生の航海はすでに始まっているということですよね。

もう航海の目的も決まっていて、乗り込む船も決まったあと半年間も出航できないというのは、何とも歯がゆいことですが、あせらずそのときを待とうと思います。

西山諒太

❖九通目の手紙『自分を磨き、行動する』

実りの季節を迎え、多くの仲間が緑のままでいようとしている中、気が早い葉っぱたちは競って色を変え始めました。

こんにちは、諒太君。だいぶ心が決まってきたみたいですね。手紙屋を利用してくれた人が、私との文通をしている期間に成長していく姿を見ることができるのは、手紙屋として最高の喜びです。そして、あなたは本当にこの数ヶ月の間で成長したと思います。そのことが、手紙の文章からありありとわかります。

さて、今日のお話ですね。

唐突ですが、これを読んでいる今、あなたの部屋や机の上はきれいに掃除されていますか？

きっと片づいていないと思います。まあ、男子学生の一人暮らしですからね。それが当然でしょう。でもまあ、何かの折に大掃除と称して部屋を片づけたくなるときってありますよね。

ところがちり一つないほどきれいに掃除をしても、次の日にはすでに埃をかぶってしまっているんです。目には見えない程度で気にはなりませんが。そして、一週間もすればあらゆるところが埃だらけになります。

私も一人暮らしの経験がありますが、ある友人が一人暮らしを始めたばかりのときに、風呂やトイレ、キッチンといった水回りがこんなにも早く、カビだらけで汚くなるのかということに驚き、同時にそれまでの生活でそれを掃除してくれる人がいたんだということに初めて気がついたと言っていました。あなたもきっと似たような経験があるでしょう。

どれほど光り輝く装飾品を買ってきて飾っておいても同じこと。数日もすれば埃まみれになってしまいます。

手紙屋である私にとって、一番悲しい瞬間があります。

私とのやりとりを通して、人生における自分の夢を明確にし、希望に満ちあふれた人生にしようといきいきと語っていた人から、半年ほど経って突然手紙が来ることがあるんです。

そこにはこう書いてあります。

『自分はダメな人間です。手紙屋さんのおかげであれほどやる気になったのに、また元のダラダラした自分に戻ってしまいました。こんな僕に何かやる気の出る言葉を送ってください。また、文通していただけないでしょうか……』

あなたの今の頭の中も、掃除したばかりのピカピカのあなたの部屋と同じ状態です。その美しさや輝きを否定するつもりはまったくありませんが、一日経てば、自分でも気がつかないうちに少し埃をかぶっています。そして何もしないまま一ヶ月も放置すると、あのときのやる気はどこにいったんだろうと自分のことが嫌になってしまうほど、元に戻ってしまうのです。

誰もが同じような経験をしたことがあると思います。

素敵な本との出会いは人生を変えるほど素晴らしい出会いであることは、あなたもすでに経験してわかっているでしょう。

ですが、〝これは自分の人生を変えるほど素晴らしい内容だ！〟と感動する本に出会いながらも、数ヶ月後に今の自分を変えてくれるような本を求めたりする経験を多くの人がしています。かく言う私にも、恥ずかしながらそういう経験があります。

あなたが実際に入社するまでにあと半年もあります。

今はピカピカのあなたの頭の中も、半年も何もせずに置いておくと掃除をするのが面倒なほど埃だらけになってしまいます。ですから、この半年間をどう過ごすかはあなたにとってとても重要です。

光り輝いている今のあなたを、もっと光り輝かせるために使ってもらいたいのです。

そのためには、掃除したあなたの部屋をずっときれいにし続ける方法を考えなければならないわけです。

どうすれば、きれいな部屋がずっときれいなままでいられると思いますか？

そうですよね。最良の方法は〝掃除を習慣化する〟ことです。

どれだけ汚さないように、埃が出ないようにと注意しても無理ですから。きれいにすることを習慣化するしかありません。

あなたは私との手紙のやりとりを通じて、自分自身を磨き続けてきました。そして今、自分でも今後の人生が楽しみなほど、光り輝く人生に対する考え方を手に入れました。そうですよね？

それを習慣化するのです。

私との文通を、ではないですよ。

誰かの考えが記されているものを読み、それに対する自分の意見を書く、という作業を習慣化することです。


あなたは、私の考えが綴られたものを読み、それに対して返事という形で自分の意見を書き続けることによって、自身を磨いてきました。

世の中にはたくさんの素晴らしい考えを持った人がいて、たくさんの素晴らしい成功を収めた人がいます。

そしてその数だけ、世の中には〝本〟があります。

あなたはこの夏自分を変えてくれる本と出会うことによって、自分を磨く手段として読書が有効だということを知りました。そしてそれを実際に実行していることでしょう。

ただ、それだけでは不十分です。私との手紙のやりとりのように、本を読んだら自分の意見を書いてまとめるということをしなければなりません。それは図でもいいし、文章でもいいでしょう。とにかく、そこから得られたものを自分なりにまとめるという作業が大切なのです。

自分を変えてくれるような本を読み、自分の意見を書き綴っていく。

このことで自分を磨くことができます。

けれども一回だけではすぐに埃をかぶってしまいます。習慣化することが大事です。

そしてもう一つ、埃をかぶらずにすむ方法があります。

それは常に動き続けること。

このことは、実は自分を磨き続けることよりも大切です。

あなたは『慣性の法則』を知っていますか。

中学校の理科で学習するあれです。

『止まっているものは、止まり続けようとする。動いているものは、動き続けよう（等速直線運動をしよう）とする』

初めから止まっているものは、そこに止まり続けようとします。それを動かそうと思うと大きな力が必要です。逆に初めから動いているものは、同じ速さでずっと運動し続けようとします。それを止めるにはやはり大きな力が必要となります。

止まっている車を押して動かしたり、動いている車を手で止めたりすることをイメージするとわかりやすいでしょう。

これは私たち人間の生き方にも当てはまります。

せっかくいい考えや大きな夢を持ったとしても、何の行動も起こさず、じっとしているだけでは何も動きません。そういう人は、それからあとも知識を増やそうとはするかもしれませんが、結局ずっと止まり続けようとするものです。一方、初めに止まっているものを動かすのは大きな力がいりますが、いったん動き始めてしまうと、動き続けようとするものです。

あなたがすべきなのは行動を始めることです。

半年待たずに、自分の夢や目標に向けて、実際に行動を始めることです。

できることはたくさんあります。

例えば、あなたが就職を希望する会社に今すぐ行って、手伝えることはないかを聞いてみるのも一つの行動です。もちろんアルバイトとしてではなく、あくまでも手伝いですから、お金のために働くのではありません。一見、割に合わないように感じられるかもしれませんが、この行動があなたに与えてくれるものは計り知れないほど多いと思うのです。

あなたは手伝いであるがゆえに、その本来の目的である〝人の役に立つ〟ことはないかを自分で考えて工夫することができます。工夫の余地のない単純作業だとしても、これから一緒に仕事をする仲間からの信頼はお金では計れないほど素晴らしい財産になるでしょう。そういう行動がとれる人は、多くの人が思っている以上に莫大な報酬を得ていることになるんです。

経営者の立場に立って考えてみればよくわかることです。あなたが将来会社を起こし、そこに就職を希望する学生が来て、内定を出した瞬間に「入社までの半年間、手伝えることがあれば何でも手伝いますから、おっしゃってください！」と言われたらどうでしょう？

並々ならぬ感情がその若者に対してわいてきませんか。

「この会社を大きくするのは、こいつかもしれない」

と期待して、いろんなことを仕込んだり、食事に連れて行ったり、場合によっては入社と同時に重要な仕事に就かせようとするはずです。何も手伝わせなかったとしても、その会社で語り継がれる名場面として社長の脳裏に焼きつくでしょう。

「昔、こういう社員がいてな……」

社長が酔うと、必ずその話題になるほどの衝撃的な行動だと思うのです。

行動の結果、何が起こるのかはわかりません。しかし、その結果が好ましいかどうかよりも、行動するということのほうがはるかに意味があると私は思うのです。

そうやって行動し続けるものは、動き続けようとする。その動きを止めようと思っても、よほど力を使わないとその動きを止めることはできないわけですから。

『転がる石に苔はつかない』

動き続けているものに埃がかぶることはないのです。

私は、先ほどのように、もう一度文通してほしいという手紙をかつてのお客様から受け取った場合、手紙を送ることはしません。私の場合、文通はビジネスであり、私とお客様との手紙は十通ずつというお約束だからです。その契約を破ってしまったとき、手紙屋はビジネスとして成立しなくなってしまいます。

代わりに私は、一冊だけ本をプレゼントするようにしています。
その人がもう一度光り輝くことができそうな素晴らしい本を。
そして最後にこうメッセージを書き記しておくのです。
『止まっている人は、止まり続けようとする。
動いている人は、動き続けようとする』

読書好きな『手紙屋』より

第四期　人生の始まり

意志を強く持った旅人は旅立ちと共に目的地にたどり着いたも同然だ

決断

僕は就職先を、例の若い社長が経営している小さな会社に決めた。

電話で実家に報告したが、いっさい反対されることはなかった。

むしろそのほうがお前のためになることが多いだろうなどという言葉で、父親が支持してくれたのが意外だった。


「千晴と寛人にも電話して教えてやり」

「姉ちゃんは、喜太朗さんにもお世話になったし、わかるけど、兄ちゃんは関係ないやろ」

「そんなことないんよ。不器用やからわかりにくいけど、あれは、あれで心配してんのよ」

「僕の心配よりも、自分の心配したらええのに……」

「そんなん言わんの。ちゃんと電話しなさいよ！」


電話をすると、姉と喜太朗さんは心から喜んでくれた。同時に、二人から驚くべき知らせを聞いた。どうやら子供ができたらしい。結婚して八年間ずっと子供がなく、両親は心配しながらも口に出して聞けなかったようだが、その知らせを僕が最初に聞くことができた。僕は叔父さんになるのだ。


喜太朗さんは終始、上機嫌で、僕の就職先が決まったという知らせに対して、

「じゃあ、就職祝いに何かプレゼントしないといけないね。考えておくよ」

と言ってくれた。

兄に連絡するのは気が重かったが、母に強く言われたこともあり、姉に伝えた直後に電話をかけた。

短い言葉だったが、兄貴らしい言葉をくれたのが印象的だった。

「そうか、これからいよいよ自分の人生の始まりだな。頑張れ」

「う、うん……ありがとう」

やはり兄と僕では会話というものが成立しないらしい。二の句が継げないで困っていると、兄が意外にも喜太朗さんと同じことを言った。

「じゃあ、就職祝いに何かプレゼントしないといけないな。考えとくよ」

数日後、喜太朗さんから数冊の本が送られてきた。

『きっと、何かの役に立つから読んでみてください』

という手紙が添えられていた。

一方、兄からは数日待っても何も送られてこなかったが、取り立てて僕はがっかりもしなかった。

✣僕からの手紙（十通目）

こんにちは、手紙屋さん。

いよいよ最後の手紙です。

終わってみるとこの数ヶ月はあっという間でした。僕にとって、手紙屋さんとの出会いは運命的なものでした。今となっては、あのとき書楽で手紙屋さんの存在を知ったという偶然に、それを手に取り、手紙を出すという行動を起こした自分に感謝しています。

手紙屋さんからの一通一通の手紙が、僕にとっては勉強であり、成長であり、自分を磨く道具でもありました。

前回の手紙に書かれていたので、やはりそうか……とあらためて思ったのですが、手紙屋さんからの手紙はこれ以上期待できないのですね。最後となるこの手紙で〝また、迷うこともあると思いますが、そのときには手紙を送らせていただきます〟と書こうと思っていましたが、それが叶わぬことだとわかりました。そうですよね、僕は何となく甘えていたと思います。反省しました。

僕は、これから自分でいろんなことを学んで、行動して、夢を実現していかなければならないんですよね。

僕は結局、若い社長さんがつくった小さい会社に就職することにしました。それより前に内定をくれた大手の広告代理店はお断りしました。まだ出航したばかりの小さな船の乗組員として、一緒に仕事をする皆さんといろんな荒波を乗り越える経験をしたいと心から思っています。そう思わせてくれる素敵な人たちがそろっていました。

そのことを、両親と兄姉にも報告したところ、意外なことにみんな僕の決断を支持してくれました。

今僕は、パソコンを使ってデザインをする方法をいくつか学んでいます。

実は手紙屋さんの助言どおり、「僕に手伝えることがあったら、何でもしますからおっしゃってください」と言ってみたんです。社長は目を輝かせて喜んで「私の持っている知識やノウハウは、すべて伝えるつもりで君を鍛えるよ！」と言ってくれました。

今は、週に三日間手伝いに行っています。ちょうど、制作の方で人手が必要だったということと、誰も使わなくなった古いパソコンが一台余っているということで、何と社内に僕用のデスクまでつくってくれたんですよ。

僕が無償で手伝っているからでしょうか、今までのバイト先ではあり得ないくらい、やったこと一つ一つに対して皆さんが喜んでくれたり、感謝してくれたりするんです。業務終了後には毎日誰かが僕を食事に連れていってくれたり、そこで本やネクタイなどをプレゼントしてくれたりして、結局バイト代以上のものをもらっています。

実際に動き始めてみるということの大切さを痛感しています。行動を始めると、本当に行動を続けたくなるものですね。あれほど毎日見ていたテレビ番組をほとんど見なくなってしまったことに気がついて、自分が止まっていないい人になれたのかな、なんて感じたりもしました。

大学入学当時、時給が五十円違うという理由だけで、時給八百円のところを辞めて別のバイト先に行った経験がある僕にしてみれば、無給の手伝いを自分から申し出るなんてあり得ないほどの変化です。この変化に一番驚いているのは自分自身です。でも、この行動が僕にもたらしてくれたものは計り知れないほど大きいと思います。そのことを肌で感じることができます。

まさに今僕は、お金のためではなく人のために働き、お金以上のものを受け取るという『物々交換』を経験しているわけです。

手紙屋さん。

本当にありがとうございました。

あなたとの手紙のやりとりのおかげでいろんなことを学ぶことができました。

僕が手紙屋さんからいただいた手紙のお礼に何をどれだけお返ししたらいいのか、まだ皆目見当がつきませんが、これから考えていきたいと思います。きっと何年もあと自分の会社を起こしてからになると思いますが、必ず約束を守ります。待っていてください。


僕の人生の航海は始まったばかりです。

はたして、僕に自分で大きな船をつくれるだけの才能が備わっているか、それを操り、どんな荒波をも乗り越えるような船長としての資質が備わっているかはわかりませんが、まずは、目の前にあるものに必死になって生きることですよね。

いつか自分の前に進むべき道が開けることを信じて、今日も一日を精一杯生きようと思います。


ありがとうございました。

とはいえ、あと一つ、僕には学ぶチャンスがあるわけですね。最後のお手紙を楽しみにしています。

西山諒太

❖十通目の手紙『人生の始まり』

　あなたとの手紙のやりとりを始めたのはまだ桜の季節でしたが、早いもので数ヶ月が経ち、黄色や赤の紅葉が美しい季節になりました。これから、春に新しい息吹を生み出すために力を蓄える冬がやってきます。

　こんにちは、諒太君。

　いよいよ私からの十通目の手紙です。あなたのおっしゃるとおり、この手紙で『手紙屋』としてあなたにお手紙を書くことは最後になります。ですから、これからは迷ったときも、私に手紙を書いて答えを求めるのではなく、自分で答えを探してみてください。大丈夫。あなたならどんな大きな問題に直面してもそれを乗り越えて、自分らしい人生をつくっていけるはずです。

　私はこれまでの九通の手紙で、あなたが成功の人生を手にするためにきっと役に立つだろう考えを綴ってきました。

最後に私がお伝えしたいのは、『成功する人と、失敗する人の違い』です。

世の中にはとても多くの、夢を実現した人が存在します。そして、それよりもはるかに多くの、夢を実現できなかった人がいます。

みんな夢を持って生きています。それは本当に素晴らしいことです。

すべての人が大きな夢を持ち、それを実現できるような人生を送れればいいと、私は心から思います。でも、残念なことにそれを実現できるのはほんの一握りの人たちでしかありません。

私は、あなたに大いなる夢を実現してほしいと思います。そのために手紙屋として手紙を書いてきたつもりです。そして最後にあなたが、世の中の失敗した人たちと成功した人たちが、その理由をどのように自己分析しているのかを知るのはとても意味があることだと思うのです。

夢を叶えられなかった人たちがどうして夢を叶えることができなかったと言っているのか。また、夢を実現した人たちが、どうして夢を叶えることができたと言っているのか。それぞれによく耳を傾けることによって、夢を実現する方法が見えてくるのです。

とても大切なことなので、心して読んでください。

夢を叶えることができなかった人たちが、その理由を自己分析すると必ずこういう答えが返ってきます。

『私には才能がなかった』

一方で、夢を叶えることができた人たちが、その理由を質問されると答えはどうなるかわかりますか？　不思議なことに、これもみんな同じなんです。

『どうしてもやりたいことを、情熱を持って続けてきただけです』

夢を叶えることができなかった人たちの理由が「才能がなかった」ならば、夢を叶えた人たちは口々に「私には才能があった」と言ってもよさそうなものですが、成功した人で、それを口にした人は誰一人としていないのです。

ここに、成功する人と、成功できない人の考え方の相違があります。

失敗する人は、『才能』を頼りに夢を叶えようとするのです。別の言い方をすれば、〝自分が成功できることは何か？〟を考えているわけです。実は、この人たちは大きな勘違いをしています。成功は才能によって得るものだ、という勘違いです。残念ながら、これは間違いです。なぜなら夢を叶えた人は誰一人として「才能があったから成功できた」とは言わないのですから。

一方で、成功した人は『情熱』を頼りに夢を叶えようとします。別の言い方をすれば、〝何をやれば成功できるか〟ではなく〝自分がどうしてもやりたいことは何か〟を考えているということです。夢を実現したすべての人がこの方法を使ったのです。長い期間をかけて情熱を持って行動を続けた人が夢を叶えることができなかったなどということは、起こりようのないことなのです。

ここに野球が上手な少年がいるとします。

その少年は周囲から、野球の才能があると言われています。事実、彼は町内で一番野球が上手です。自然、彼の将来の夢は、プロ野球選手になることとなりました。

この少年が夢を実現するまでに出会う壁はどれほど多く、どれほど大変なものか想像がつくと思います。もし、彼が自分の才能を頼りにこの夢を実現しようとしたら、かなり初期の段階で、それこそ中学時代に、同じチーム内の選手や対戦相手の実力を知り、上には上がいるということを思い知らされ、夢を捨てることを強いられるでしょう。

しかし、誰よりもうまくなりたいという情熱は、その少年の現時点の実力とは無関係で誰にも負けない強さで持つことができるのです。その情熱がなければ、これからの人生に待ち受けている幾多の壁を乗り越えることはできないでしょう。

では、中には本当に才能だけでそれを乗り越えた人がいるかもしれないと思いますか？残念ながらいないと思います。

有り余る才能はあったけれど情熱がなかったがために夢を実現することができなかった人はたくさんいますが、最終的にプロ野球選手になり活躍している選手で、〝情熱を持ち続けなかった人〟はいないのです。

野球に限った話ではありません。絵の才能も、音楽の才能も、踊りの才能も、勉強の才能もすべて同じです。

誰にも、ちょっとした才能の片鱗を感じさせるものが一つや二つあります。子供の頃に好きで始めたものにはそういうものを感じさせる瞬間が少なからず訪れるものです。しかし、それですら努力の結果花開いた才能でしかありません。

才能とはあらかじめあるものではなく、自らの努力で開花させるものです。

そして、才能を開花させるものは、開花させようとする『情熱』なのです。

あなたは最後の手紙の中で、こう言いました。

「自分に大きな船をつくることができる才能が備わっているか、船長としての資質が備わっているかわからない」

あなたに必要なのは才能ではありません。やりたいことに情熱を注ぎ込むことです。そうすることによって、あなたは才能を開花させることができるのです。

もう一度言いましょう。

『失敗した人は才能を理由に挙げる。成功した人は情熱を理由に挙げる』

あなたの夢を叶えるために、才能は必要ありません。

ただ必要なのは、それをやりたいという『情熱』だけです。


あなたはもう一度、自分に質問しなければなりません。

僕には、どうしてもそれをやりたいという情熱があるか、と。


さて、そろそろ始まりの時間が近づいてきました。


そう、この手紙の終わりは、あなたの新しい人生の始まりです。

これまでのやりとりの中で、あなたは人生の目的を見つけることに成功しました。

ですから、『情熱を頼りに生きる』ということが決まったなら、やるべきことは一つです。

もうわかりますね。この手紙を読み終えた瞬間から『行動』することです。

今すぐ行動するのは勇気がいることです。そう、とても勇気がいることなんです。でも、
絶対やり遂げるという情熱を持って、第一歩を踏み出さなければ、あなたの思い描く夢に
はいつまで経っても近づけないし、逆に一歩でもいいから踏み出してしまえば、あなたの

目標までたどり着くことは、思った以上に簡単なことです。

今改めて私にそれを教わるまでもないでしょう。あなたはこの半年間で勇気を持って新しい行動を起こすことを何度も経験して、そのことがわかっていると思います。


手紙屋に手紙を出すという勇気ある行動。

内定をもらったあとに就職活動をするという勇気ある行動。

興味がある人に自分から会いに行くという勇気ある行動。

自分から無償で手伝いを申し出るという勇気ある行動。


これらの行動を起こすには本当に勇気が必要だったと思います。「してみたいなぁ」「したら自分のためになりそうだなぁ」とわかっていても、やらずにすんでしまうことをやるのは勇気がいることです。それをしようと思わない人にはわからない勇気です。

諒太君。あなたは自分の人生をよりよくするために新しい場所に一歩踏み込んでいこうとする勇気がある人です。

その勇気を持つあなたは、本当に素晴らしい人です。

夢に向かって情熱を持って行動し続ける限り、あなたは自分の人生において、船出したばかりの今からは想像もつかないような奇跡の数々を経験していくことでしょう。

実はこの手紙の終わりは、あなたとの文通の終わりを意味するだけではなく、私の手紙屋としての活動の終わりも意味しています。私は手紙屋として十年間活動してきましたが、あなたとの手紙をもってこの仕事を辞めることになります。あなたにとっては唐突かもしれませんが、実はあなたからの最初の手紙を受け取ったときからそう決めていました。

私もこれから新しい人生をスタートしようと思います。

手紙屋としての最後のお相手が諒太君であったことに言葉にできない喜びを感じています。私はあなたにこの手紙を書くために十年間この仕事を続けてきた——そんな気がします。

ただ、これが私とあなたの関係の終わりではありません。最初の手紙でお約束したようにあなたに何かを返してもらわなければなりませんからね。

そのときが来たら、必ず私はあなたの前に姿を現します。その際はまたお手紙をください。再会が今から楽しみでなりません。

そのときは起業家として、あなたは大海原で活躍していることでしょう。
半年間のお付き合い、ありがとうございました。楽しかったです。
夢を実現したあなたから便りが届くのを心からお待ちしています。

あなたの親友『手紙屋』より

最後の手紙は小包で一冊の日記帳と共に届いた。

そこには一言、

『私からの就職祝いです。手紙屋への手紙の代わりに、この日記帳にあなたの考えを綴ってみてください。きっと自分を磨けるはずです』

というメッセージが添えられていた。

エピローグ　七年後

僕は車を西へと走らせていた。

その日は僕が新しく会社を起こしたことを祝って、喜太朗さんがパーティーを開いてくれることになっていた。

パーティーには家族みんなが集まってくれるという話だったので、久しぶりに会える喜びを感じないわけではなかったが、それ以上に別のことが気になって、心臓が飛び出しそうになるのを押さえることができなかった。

というのも僕が招待された場所は、七年前、手紙屋に対して返事を送り続けた住所、まさにその場所だったのだ。

喜太朗さんは丁寧にも招待状までつくり、

『諒太君の起業を祝してパーティーを開きます。場所は僕の両親の実家です。当日は素敵なゲスト、そう、あの方をお呼びしています。お楽しみに……』

と書いていた。僕はその招待状をもらった瞬間に、ゲストが手紙屋だと悟った。

七年前、僕が手紙屋の家だと思っていた場所は、喜太朗さんのご両親の家、つまり喜太朗さんが生まれ育った場所だった。大学を卒業してから七年間、仕事が忙しかったというのもあるが、どうして一度もその場所を訪れようとしなかったのか、今思えば自分でも不思議だ。

その家は、喜太朗さんのご両親が子供たちが成人したあと与論島に移住して以来住み手がなく、喜太朗さんと姉が管理して、休日などは別荘として使っていたらしい。僕がその場所に手紙を送り続けていた当時は、まだご両親が住んでいたそうなので、おそらく手紙が届くと、手紙屋に連絡を入れることになっていたのだろう。そうなると、手紙屋の正体はおのずと決まってくる。

僕はいろいろなことを思い出しながら、思わず込み上げてくる笑いを抑えることができなかった。

この七年間、僕の周りではさまざまな変化が起こった。

大学を卒業した年に、僕は叔父さんになった。

その年、同時に伯父になった僕の兄は、部屋にこもりっきりの生活をやめ、単身インドへ行ってしまった。友人のツテで向こうに仕事ができたらしい。インドに友達だなんて、いったいどうやって知り合ったのか、本当だったらびっくりな話だ。それ以来、日本には帰ってきたのか、詳しいことはわからない。最後に兄の話を聞いたのは、三年ほど前だ。ロンドンにいるらしいということだけを母から聞いた。

その翌年、僕の両親はレストランを閉めて〝シャッター通り〟と化した商店街から離れたところに小さな喫茶店を始めた。きれいな店構えとおいしい食事が受けて、今では結構繁盛している。

喜太朗さんの実家に到着したときに出迎えてくれたのは、意外な人物だった。約七年ぶりに会ったその人は、最後に見たときと印象がまったく変わっていなかった。

「和花さん！　どうしたの、何でここにいるの？」

「お久しぶり、西山君」

「え！　和花さんって……もしかして、内田和花……ってことは喜太朗さんの妹なの？」

和花さんは何も言わずに笑っている。

僕が和花さんに初めて会ったときにどことなく知っているような気がしたのは、それ以前に、姉の結婚式で一度会っていたからだったのだ。

和花さんは、大学卒業と同時に書楽のバイトを辞めて、アメリカに留学したそうだ。帰国後に何をしていたかは知らないが、去年結婚して主婦となった今でも、ボランティア活動や執筆活動に忙しいらしい。詳しいことを聞くタイミングを逃したので詳細はよくわからなかったが、何だか幸せそうだった。

僕は和花さんに導かれるように庭へと案内された。ガーデンパーティーの形式なのだろう。

そこには、僕の両親、姉、そしてもう小学生になった甥の一志と、その甥と話をしている喜太朗さんがいた。僕は車椅子に座って一志と話をしている喜太朗さんの背後から、肩に手をかけた。

喜太朗さんは振り返った。

「おお、来たね。待っていたよ」

「そういうことだったんですね」

僕は含みのある言い方をして、微笑みかけた。

「ハハハ、まあ、積もる話もたくさんあるけど、まずは乾杯をしようよ」

僕たちは喜太朗さんの音頭で乾杯をした。


しばらくの間、僕はそこにいる人たち一人ひとりから新しい会社のスタートを祝う挨拶を受けたり、彼らと当たり障りのない話をしたりしていたが、ひととおりみんなと話し終わったところで、庭の隅の軒下で僕は喜太朗さんと二人きりになった。


「手紙屋がこんなに身近にいるなんて思いませんでしたよ」

「ハハハ、よく言うだろ。その人の人生に必要なものはその人の周りに過不足なくそろっているものだってね」

「僕の場合もそうだったんですね。それにしても、和花さんと喜太朗さんが兄妹だったなんて知りませんでしたよ」

「君が知らないのも無理はないよ。僕の家族と会うことなんてめったになかったからね」

「それにしても、書楽で和花さんに出会ったのはすごい偶然ですよね」

「それも、偶然じゃないんだ」

「偶然じゃない？」

「そう、最初に書楽を見つけたのはいつだったか覚えているかい？」

「確か、姉に連れられて……。あっ……ということは……もしかして」

「そう、そのときすでに和花はあそこで働いていたからね」

僕は姉の方をちらっと見た。姉は僕の視線に気づかず一志と遊んでいる。

「そこで、僕の誕生日に手紙屋のチラシを和花さんが置いて、僕と喜太朗さんを結びつけたってわけですね」

「まあ、君があの店の常連になった時点で、君に手紙屋を利用させるのは簡単になったのは確かだよね。いざとなれば、和花が直接君に手紙屋を紹介すればよかったわけだからね。でも、君はきっと勘違いしていると思うんだが……」

「何がですか？」

「君は僕が手紙屋だと思っているだろ？」

僕は一瞬息をのんで、喜太朗さんの方へと顔を向けた。

「えっ、違うんですか？」

「違う。僕じゃないよ。僕はウソを言わない。僕も手紙屋を使ったことがあるし、妹にも紹介したって言っただろう。あれは本当の話だよ。だから、僕は手紙屋ではない。僕はその仲介をしただけだ。手紙の送付先として、この場所を提供することによってね」

「じゃあ、いったい誰が……」

「今日は素敵なゲストを呼んだって言っただろう。ほら」

喜太朗さんは視線を家屋の二階の窓の方向へと向けた。僕のいる場所からは二階の窓が見えない。僕はすぐさま立ち上がり、二階の窓を見上げた。

窓辺に座っていたのは……、
兄の寛人だった。

「兄ちゃん……？」

僕は急いで家の中に入り、二階へと駆け上がった。何が何だかわからなかったが、とにかく兄の元へと走った。

会うなり、兄は唐突なことを言った。

「プレゼントは使ってくれたかな？」

「プレゼント……？」

「ああ、十通目の手紙と一緒に入れておいただろ」

兄は微笑みながら、テーブルの上に広げられた便せんの数々を手のひらで指し示した。

そこには十通の手紙が並べられていた。間違いなく、僕が手紙屋に書いたものだ。

「……ってことは、手紙屋は……兄ちゃん……？」


兄は、片方の眉をひそめる独特の照れ笑いを浮かべたあと、ゆっくりとうなずいた。

僕は何をどう話したらいいのかわからないまま、机の上に並べられた手紙を見つめていた。兄、いや『手紙屋』は、その様子を察知してか、窓から近くに見える山の方に顔を向け、もっと遠くを見るような目をしたまま話し始めた。

「いつ教えてもよかったんだけどな……よく、ここまで頑張ったね。おめでとう。お前が才能ではなく、情熱を頼りに強い意志を持ってやり遂げたという一つの証しを見せてもらったよ。本当に立派になったな」

僕はようやく確信できた。手紙屋の正体は兄だったということを。胸が熱くなり一筋の涙が頬を伝った。

「兄ちゃん……ありがとう。僕は、兄ちゃんが手紙屋だなんて知らずに……兄ちゃんのことを……ろくでもない人間のように思って」

「わかってる。もう何も言わなくってもいい」

「でも……でも……」

「もういいんだ。それよりほら、お前は今日の主賓だろ。みんなこっちを見てるぞ」

そこにいる人全員が庭から僕たち二人の様子を見上げていた。

「さあ、一緒に行こう」

兄は僕の手を取って立ち上がらせると、先に部屋を出て階段を下り、庭へと向かった。僕も涙をぬぐい、あとを追った。

庭へ出た兄は、喜太朗さんと握手を交わすと、もう一度乾杯をしようと自分から言い出した。

僕の知る、無口でシャイな兄ではない別の人間がそこに立っていた。

「諒太の船出に乾杯！」

兄がそう言ってグラスを青空に突き上げたあと、こちらを向いて微笑んだその姿が、僕の中の手紙屋のイメージと重なって見えた。

もちろん無口な兄が手紙屋について細かく説明してくれるはずもなく、そのほとんどを僕は母から聞き出すしかなかった。

兄は東京の大企業に就職してから四年後に、約束されていた将来を捨てて故郷へ帰ってきた。悪化する一方のレストラン経営を見かねた末の決断だったらしい。まだ幼い僕を育てなければならないという課題を抱えていた両親が、どうしようもなくなって兄に相談をしたところ、

「諒太は僕が大学まで行かせるから、心配しなくてもいい」

と言って、ある日突然実家に帰ってきたそうだ。そのときにはもう会社に辞表を出したあとだったという。

当時兄と付き合っていた女性は会社の同僚で、約束された将来を捨てて田舎に帰ろうと考える兄の考えについていけなかったらしい。結局、兄は婚約を破棄されることになってしまった。

そのことに両親は罪悪感を感じていたが、兄はいつも、

「あの女性《ひと》は、僕という人間よりも、僕の地位や名声、将来性と一緒になろうとしていただけだから、こうなってよかったんだよ」

と言っては笑っていたらしい。

両親は、兄がレストランを継いでくれるものだとばかり思っていたらしいが、兄の考えは違っていた。連日のように話し合いが持たれたが、兄は決して譲らなかった。自分が跡を継いで店を立て直したとしても、収入源が一つだけだとまた経営が傾いたときに総崩れになるだけだ。だからレストランを建て直すための知恵は出すが、それは両親に実行してほしい。自分はまったく別の方法で家族に安定をもたらす方法を考える——そういうことをひたすら説明し続けた。最終的には両親が納得する形で話がついた。

そして、兄は手紙屋を始めた。

顧客を獲得するのはそれほど難しくなかったらしい。もちろん、森さんの協力が不可欠だったが。

書楽オーナーの森さんは兄の会社員時代の同僚だったそうだ。森さんの協力のおかげで、手紙屋というビジネスは当初の予想を超えて顧客が増えていった。僕に送ってきた手紙を見てもわかるように、兄が書いた手紙の一通あたりの文章量は非常に多い。あれほどの量を書くのには、かなりの時間がかかる。必然的に、兄は家の中にこもりっきりになった。

当初の計画では、手紙屋をやりながら別の会社を起こすつもりだったが、それができないほど忙しい毎日になった。

ただ、手紙屋が文通を終えてから、その報酬を手にするには数年間のタイムラグがある。結局初めの五年ほどは生活に苦労し、母親が食事の差し入れをすることもしばしばだった。僕が抱いていた〝自分の家にこもり、働きもせず親に面倒を見てもらっている兄〟というイメージはそのときにできたものだ。

兄の当初の計画どおり、僕が大学に入る頃には、わが家の家計はかなり楽になった。兄が手紙屋を始めて六年ほどが経っていた。

僕が大学時代に住んでいたワンルームマンションは、ある人が手紙屋に対するお礼として僕に提供したものだということも、僕の大学の学費を、兄が払ってくれていたということも初めて知った。

手紙屋は最後の手紙でこう言っていた。

『私はあなたにこの手紙を書くために十年間この仕事を続けてきた』

この言葉はまさに、そのとおりだったのだ。

兄は僕のために自分の人生を使って手紙屋になり、人生において忘れてはいけない数々の大切なことを伝え、そして手紙屋としての役目を終えて、再び自分の人生を歩み始めたのだった。


胸の中から熱いものがこみ上げてきて、言葉にならない。

ようやく、絞り出すような声で、僕は言った。


「兄ちゃん……」

「ん？」

「兄ちゃんは、もう結婚しないの？」

兄は一枚の写真を胸から取り出して僕に手渡した。

ようやく立てるようになったばかりの年頃の、金髪のかわいい女の子が写っていた。

「……どういうこと？」

「お前の姪っ子だよ」

「え！　ってことは、兄ちゃん……」

「三年前にイギリスで結婚したんだ」

僕の家族は肝心なことを知らせようとしなかったのだ。僕は両親をにらみつけるように見ながら責めた。

「なんで教えてくれんかったん？」

「寛人が、諒太には自分で言いたいっていうから……ねぇ」

助けを求めるように母が父の方を向いた。

父はただ笑っている。

僕は兄に向き直った。

「名前は？」

「Aya」

「あや……ね。覚えておくよ……。兄ちゃん、遅ればせながら、おめでとう」

「ああ、ありがとう」

僕は初めて見る姪の写真を眺めながら、あることを考えていた。

それは手紙屋と交わした『物々交換』の約束――自分がしてもらったと感じただけのも

のを手紙屋に返すという約束についてだ。

いつか、僕がこの子の『手紙屋』になろうかな……。

山間に広がる青空が、僕らの未来を祝福しているように感じた。

あとがき

今、僕にとって三作目の著書となる『手紙屋』を書き終え、書斎で一人、このあとがきを書いています。

昨年の夏、『君と会えたから……』を出版して以来、本当に多くの方から感想をいただきました。それが縁で数々の素晴らしい出会いがありました。その出会いのおかげで講演やラジオ出演という新しい世界を経験することもできました。

作品を世の中に発表することはとても勇気のいることです。でも勇気を持って行動した結果、僕の世界は少しずつ広がり続けています。そして今回、また新しい作品を発表する機会をいただきました。

僕は、常日頃から作品を執筆するタイプではありません。僕が生活をしている中でどうしても伝えたいことがあり、それをどうしても伝えたい人がいる。そのときにだけ、作品を書いています。今回はその一人が僕の仕事を四年間ずっと手伝ってくれていた大学生でした。彼が就職活動する様子を見ていて、「よし、僕なりの考えを書こう！」と決意して書き始めたのが、この作品『手紙屋』でした。

僕はこの作品の中で、就職活動をうまく乗りきるコツとかテクニックを伝えるつもりはありませんでした(それを期待して読んだ人はごめんなさい)。

目先の就職活動の成否よりもその先に待っている人生を、自分らしく生きることのほうがはるかに大切なことです。そのことを、僕が伝えたかったその彼のみならず、彼と同じ年齢の人たちや、同じことで悩んでいる人たちに感じてもらいたい。将来のこの国を担う若い人たちに伝えたい。その一心でこの作品を執筆しました。

実はこの作品は、書き始めてから完成までに、初めの僕の予想よりも、はるかに長い時間がかかってしまいました。自分が伝えたいことをうまく、そのまま伝えるためにはどうすればいいのかを考えては書き直し、また考えては書き直すということを何度も繰り返していたのです。

そういった過程は、当然ですが忍耐力を始めとしたいろいろな意味での精神力が必要になります。僕にとっては今まで執筆した『賢者の書』『君と会えたから……』以上に大変なことでした。

ただ、そんな中、僕は一度も途中で投げ出したいという気持ちにはなりませんでした。以前の僕なら、そうなってもおかしくないような状況でも、一度も「絶対、いい作品に仕上げられる！」という信念を失うことなく書き続けることができました。

それは、この作品を執筆中、僕がずっと「あること」を考えていたからなのですが、その「あること」というのが、まさに、この作品の中で紹介した考え方なのです。


僕は作品を書くときはいつも一人です。

静かな部屋の中に一人で座って、黙々と書きます。

でも、孤独ではありません。

満員の大応援団で埋め尽くされた甲子園球場のマウンドの上に一人、机を置いて作品を書いているようなつもりでいるのです。

その大応援団というのは、今はまだ出会っていないけど、僕が壁を越えることができたときに初めて出会うことができる人たち、「この作品を読んでよかった」と少しでも思ってくれる人たちです。

「この作品の完成を待っている人がいる。どんなに困難であろうとも、この壁を乗り越えることができれば、『手紙屋』を読んでよかったと思ってくれる何万人という人がいるはずだ。そういう人たちに出会うことができるんだ」

そう思うと、その声援が聞こえてくるんです。

この作品を読み終わった今、あなたにもその一人になってもらえたでしょうか。

僕は、今これを読むあなたの「この本を出してくれてありがとう」という声援を聞こうとすることによって、頑張ることができたというわけです。

もちろんそういう気持ちを持つことができたのは、多くの方からいただいた「喜多川さんの次回作を楽しみにしています！」という言葉だったのはいうまでもありません。僕に多くの力をくださった読者の皆様、本当にありがとうございました。

今度はこれを読んだあなたが、将来あなたが出会う人たちの声援を聞いて大きな壁を乗り越える番です。もちろん、僕もその中の一人として声をからして応援します。

明るく、元気に、あなたらしく。そして……どこまでも！　走り続けてください。

この作品を書くにあたって、ストーリー構成の重大なアドバイスを幾度となくいただいたディスカヴァー・トゥエンティワンの干場社長と編集担当の石橋さん。『書楽』に関するいくつものアイデアをご提供いただいた森末さん。この方々の協力なくして、『手紙屋』は生まれませんでした。この場を借りてお礼を申し上げます。本当にありがとうございました。

また、いつも僕を支えてくれる『聡明』のメンバー、いつも僕にあらゆることを教えてくれる生徒たちとその保護者の皆さん。今まで僕が出会ってきたすべての人。一番の理解者である妻と娘。今まで僕の作品を読んでくださったすべての人。そして、今、この作品を読んでくださったあなたに。

心から感謝します。

ありがとうございました。

二〇〇七年　初夏

喜多川泰

＊感想はこちら　book@d21.co.jp

「手紙屋」〜僕の就職活動を変えた十通の手紙〜

発行日 2007年 8 月15日　第 1 刷
　　　 2023年 1 月16日　第36刷

Author	喜多川 泰
Publication	株式会社ディスカヴァー・トゥエンティワン 〒102-0093　東京都千代田区平河町2-16-1 平河町森タワー11F TEL　03-3237-8321（代表）　03-3237-8345（営業） FAX　03-3237-8323 https://d21.co.jp/
Publisher	谷口奈緒美
Sales & Marketing Group	蛯原昇／飯田智樹／川島理／古矢薫／堀部直人／安永智洋 青木翔平／井筒浩／王廳／大﨑双葉／小田木もも 川本寛子／工藤奈津子／倉田華／佐藤サラ圭／佐藤淳基 庄司知世／杉田彰子／副島杏南／滝口景太郎／竹内大貴 辰巳佳衣／田山礼真／津野主揮／中西花／野﨑竜海 野村美空／廣内悠理／松ノ下直輝／宮田有利子／八木眸 山中麻吏／足立由実／藤井多穂子／三輪真也／井澤徳子 石橋佐知子／伊藤香／小山怜那／葛目美枝子／鈴木洋子 町田加奈子
Product Group	大山聡子／藤田浩芳／大竹朝子／中島俊平／小関勝則 千葉正幸／原典宏／青木涼馬／伊東佑真／榎本明日香 大田原恵美／志摩麻衣／舘瑞恵／西川なつか／野中保奈美 橋本莉奈／林秀樹／星野悠果／牧野類／三谷祐一 村尾純司／元木優子／安永姫菜／渡辺基志／小石亜季 中澤泰宏／森遊机／蛯原華恵
Business Solution Company	小田孝文／早水真吾／佐藤昌幸／磯部隆／野村美紀 南健一／山田諭志／高原未来子／伊藤由美／千葉潤子 藤井かおり／畑野衣見／宮崎陽子
IT Business Company	谷本健／大星多聞／森谷真一／馮東平／宇賀神実 小野航平／林秀規／福田章平
Corporate Design Group	塩川和真／井上竜之介／奥田千晶／久保裕子／田中亜紀 福永友紀／池田望／石光まゆ子／齋藤朋子／俵敬子 宮下祥子／丸山香織／阿知波淳平／近江花渚／仙田彩花
Printing	日経印刷株式会社

・定価はカバーに表示してあります。本書の無断転載・複写は、著作権法上での例外を除き禁じられています。インターネット、モバイル等の電子メディアにおける無断転載ならびに第三者によるスキャンやデジタル化もこれに準じます。
・乱丁・落丁本はお取り換えいたしますので、小社「不良品交換係」まで着払いにてお送りください。
・本書へのご意見ご感想は下記からご送信いただけます。
https://d21.co.jp/inquiry/

ISBN978-4-88759-570-5

『手紙屋』の読者にお薦めする
喜多川泰の本

Recommended Books

賢者の書

人生の成功とは？　本当の幸せとは？
「可能性」「目標」「自尊心」等、一人の少年の心の成長を通じて説く、幸福な人生のための9つの教え。『手紙屋』の原点はここにある！

1320円（税込）

君と会えたから……

平凡な高校生の「僕」のもとに、ある夏の日、美少女がやってきた。ひそかに恋心をつのらせる「僕」だったが……。
感涙必至のストーリーで、話題沸騰のロングセラー。

1496円（税込）

手紙屋　蛍雪篇

進路に悩む女子高生、和花が「手紙屋」から学んだ、勉強のほんとうの意味とその面白さとは？
ベテラン塾教師でもある著者ならではの一冊。

1650円（税込）

上京物語

夢を夢で終わらせないために……
自分にしかできない生き方を見つけるための五つの新常識と三つの方法が、父から息子へ贈る手紙によって明かされる！

1540円（税込）